JN241803

冬の落暉を

俳句と日本語

Yasuko Nagashima
永島靖子

邑書林

冬の落暉を――俳句と日本語　＊　もくじ

第一章　俳句時評

第二章　俳句随感

第三章　「鷹」編集後記

第四章　経歴一通

冬の落暉を

——俳句と日本語

装訂——間村俊一

第一章

俳句時評

素裸をこそ――俳句は人である

素つ裸太平洋を笑ひけり　中島　強

これは、昨年夏十二回目を迎えた俳句甲子園において優勝を勝ちとる決定打となった句である。私もテレビ観戦していたのだが、選者十三名全員が松山中央高校のこの句に一斉に赤い旗を挙げた。兼題の「素」から「素つ裸」を季語として打ち出すのはいかにも高校生らしい。また、裸に対し海や太平洋は誰しも思いつくだろう。しかし、「笑ひけり」には意表を衝かれた。句歴幾十年の高齢者の私には、逆立ちしても出て来ようがない。「見渡せり」「対しをり」「怖れけり」「あこがるる」位で行きづまりである。ともかく、痛快な作である。発足当初はいささか唐突に思えた俳句甲子園が、こういう鮮烈な句を生むまでに至ったかという感慨が湧く。

俳句甲子園を見学に出向いたことはないし、このところ選者の一人になっている高柳編集長にくわしい状況を聞いたこともないけれど、主要場面のピックアップを映してくれる

テレビ画面を観て感じたことを少々書き止めて置きたい（なお、作品は別冊俳句「俳句生活
―季語の楽しみ」〔二〇〇九年十月刊〕掲載作に拠る）。

松山中央高校の決勝戦の作には、他に〈満天の星を絡めて冷素麺〉〈基督の形の素足洗
ひたる〉等があり、相手校洛南高校の〈時計草咲く私は素直じゃない〉〈鹿の子や峙つ北
山の素肌〉等に見る発想や表現の幼さに較べるとかなり練れていてかつ新鮮である。季語
の体感とか、実であれ虚であれ嘘をつかぬようという指導があったとも紹介されている。

ところで、私が決勝戦以上に興味を持ち、関心を寄せたのは、本命校と目されていた開
成高校と松山中央高校との準決勝戦である。テレビ画面には、二対二のあと決戦の句とし
て次の両句が映し出された。

爽やかや手を打てば魚集ひ来る　　馬場　慧（開成）

耳打の二人冬銀河の中に　　中島　強（松山）

私は思わずこれが開成の決戦句？　と呟いていた。形も内容も整っているけれど、池
や川で手を叩けば鯉や鮒が寄ってくるのは当然の景、この位の詠出では万人共有の経験の
中へ拡散してしまうのではないか。対する冬銀河の句は、思わせぶりで幼さは免れ難いが、
若々しい匂いと類想に堕すまいとする主体性が認められ、旗の数ではこちらが辛勝。

ともあれ、開成高校は他校の句に散見する粗雑な言葉運びに較べて格段に洗練された完成度を持っている。〈全山の葉を打つて止む夕立かな〉〈鷺草の羽の打ち重なる雨よ〉等々。しかし、対抗馬であり今回の大会の問題作と言える〈蕎麦打の月の如きを拡げたる〉の比喩の思い切った斬新さの前に、こうした繊細正当な叙述の魅力は抗し切れなかろう。

ディベートに定家の「花も紅葉もなかりけり」を突如持ち出す程の開成の文学性とその作品の完成度を私は高く評価するけれど、言うならば、そこに作者その人の存在感の薄いのを残念に思う。そうして、この問題は開成の作品のみにとどまらず、近頃耳にする雅(みや)びな俳句が蔓延して諧謔味のある作品が減少していると指摘される問題にもつながって行く。しかし、諧謔や諷刺による面白さとは、優雅さを閑却してしまった雑な面白さということではあるまい。伎倆の洗錬の根底にある作者の志向の面白さが大切であろう。句の形だけでなく、内なる人間のエネルギーの大切さを思う。

定型短詩は最大公約数的感興への抵抗を生命とする(そうでなければ、短かさ故の力を発揮できないから)。その志の上に、作品と共に一人ずつしっかりと立っていたい。概念化しない生身の人間の美しさを発しながら——。いろいろ述べて来たが、開成高校的作品の上には、人としての存在のエネルギーを、松山中央高校の素裸の力による詠出の上には、更なる技の修練を希(のぞ)みたい。若さという裸形のエネルギーは永遠のものではなく、時という残酷な試練が待ち受けているはずであるから。

ここで違う話題を一つ。昨年角川学芸出版から刊行された『高浜虚子の世界』『高柳重信読本』『金子兜太の世界』は嬉しい労作である。各冊全体に真摯な論と資料がぎっしり。俳句総合誌の理想の姿の一つではあるまいか。

更に話題を変えると、右諸冊の中では、俳句作家による批評と並んで、詩歌人らによる対象人物の描出が興味深い。そこには、作家同士、人と人との相互理解の美しさが充ちている。特に心に残る一例として、兜太を論じた白石かずこの一文を挙げておく。

> 金子兜太さんの俳句は、どれも大きくダイナミックで陽根のよう、朝日と嵐、暴風雨が結婚したよう、真理で痛い真実、痛烈なのに魂を容捨なく、こっちにうちつける。息もできないほどなのに、その暴風雨にたえながら、きいていると声が、何万という人声、歴史がひびいてくる。（中略）
>
> 　負傷の兵屍（し）の兵運び丘越えたり
>
> 兜太の生涯の青春のまっただ中で、まっぷたつに割りこんだ戦地体験は、その時間が終っても暗黙のうちにつづき、それが生きる覚悟とけはいになって、いかなる平和の時もつづいているのを感じる。

また、人と人という論点で今一つ紹介したいのは『室生犀星句集』（紅書房）に掲載のに言う。

川上弘美による小論である。犀星の人と俳句の精粋を自然体で描出、結論部分で次のよう

こまやかなひとである。小さい虫、庭の景、山のこと、里のこと、隣人のこと。どんなことを詠んだときも、こまやかで、きれいで、少しかなしい。それは抒情に流れたかなしさではない。自然のむごさにつながる、無感情のかなしさだ。無感情だから、ひとしおかなしく、おかしい。俳句という詩の、いちばんいいところをみせてもらった心地である。

冬の雨パンつけて傘返しけり

こんな犀星もいる。魅力的なひとだ。隣人になるのは少しこわいようにも思うが、犀星の近所に住んで、たまにすれちがったりしてみたかった。かなわない夢ではあるけれど。

俳句を体感として受けとめた貴重な発言であろう。俳句を作るのも読むのも人である。

（「鷹」二〇一〇年一月号）

古池はどこにあるのか

古池や蛙飛び込む水の音　　　芭蕉

時評と銘打ちながらこの句を持ち出すのは、変に思われるかも知れない。また、今日の俳句の始祖とも言うべき句について何かを述べるのは、私の力に余ることかも知れない。しかし、最近掲句についての幾つかの論考に出会い、いろいろ思いめぐらす所があったので、そうした点を記しておきたい。まず、少々唐突ながら、目にした三種類の解釈を掲げてみる。

1　古池に蛙が一匹ぽつんと飛び込む水音がした。
2　蛙が水に飛び込む音がし、心中に幻のように古い池が浮かんで来た。
3　眼前に古池があり、どこか別の場所からたくさんの蛙が水に飛び込む音が聞こえて来た。

1はこれまで誰しもが常識的に考えて来ただろう読み。2は数年前長谷川櫂氏が提唱して論議を呼んだもの。3は金子兜太氏の持論のようで、最近目にとまったもの。

ところで、古池の句がまるで俳句の代名詞のように言いなされるのは、誰しも経験していることではなかろうか。俳句を作っていると言えば、「ああ〈古池や〉ですか」という反応がまず返って来る。それは、わび・さび的な古めかしい趣味の世界ということで、今日の俳句観との落差が困る。加えて、古池に蛙が飛び込む音という只事のような内容の句がなぜ名句なのかという疑問、そうしたことに対し、長谷川氏の論は、私にとって見事に風穴を開けてくれるものであり、この句に初めて詩としての照明が当たったと思えたものである。

ただ、切字〈や〉にそこまで中七下五との間を切断する力があるかどうか。「口あひ」とも称されるようだが、軽い詠嘆をこめての切れで「古池に」の意も含むと考えるのが自然かも知れない。しかし、私は長谷川説の詩的風通しのよさを諾う。この古池には散文的意味づけを超えた何か、現実的な平面を超えた何か、いわば詩の力を感じるのである。

詩における言葉の働きについて考える。「古池」と書いた途端に、現実の池の有無にかかわりなく、それは言葉「古池」として存在し自立する。この句では「古池や」が詩語として中七下五と適切に映発していればよいわけで、古池の実在や非在とのかかわりはない。それに、経験の総和としての詩語「古池」と考えられるから、幻の池ということに異和感はない。
3の兜太氏の見解は『金子兜太の世界』（角川学芸出版）に偶然にも四人の執筆者によって紹介されている。平成五年、短歌結社「塔」の講演会での発言で、永田和宏、河野裕子、栗木京子の三氏の執筆分から栗木氏のものを引いてみる。

皆さん、蛙は古池に飛び込んだんじゃありませんよ。「や」の切れ字があるのだから「古池」で切れるんです。古池と「水のおと」は別物です。蛙は隅田川に次々に飛び込んだに違いない。

また、鳴戸奈菜氏も昭和六十二年、同様の兜太講演を聞いたことを記している。隅田川にまで及ぶのは、論者のサービス精神過剰の感があるが、蛙の複数説は私も耳にした。平成十九年「俳句αあるふぁ」のシンポジウムにおいてのことで、大方の意見が単数であるのに対し、兜太氏の見解は次のようであった。

生で受け取れば複数だということなんですよ。それに精神性を加えていくと、単数化されていくというので、私はそこのところが観念的で気に入らないんですよ。

（「俳句αあるふぁ」二〇〇七・八年十二・一月号）

たしかに、閑寂とか幽玄とかの定見を知らずに虚心に読めば、複数と解して不思議はない。精神性を重視した読みが続いて来たことの指摘とそれへの反撥は充分納得できる。

1として掲げた今日一般に通用している解をめぐっては、上梓されたばかりの『俳句教養講座』第一巻「俳句を作る方法・読む方法」（角川学芸出版）に、五人の俳文学者による論考があり、支考以来の史料を考察しつつ、これが蕉風開眼の句であり、幽玄の句とされて来た次第が詳細に紹介されている。しかし、ここで一つ乱暴な感想を述べると、俳諧史は、あらかじめ設定された蕉風開眼という結論に向かって収斂され続けて来た感があるということである。談林調からの脱却、和歌的伝統からの離脱等については、あらためて納得したが。また、異論らしいのだが、深沢眞二氏による『袋草紙』に載る能因がらみの逸話とこの句のかかわりの紹介は一見解として面白い（同書には楠元六男氏の批判も載る）。

更に、矢島渚男氏による季節の変動を詠みとめたとする解にも共感する。特に「古池」というこの芭蕉句以外ではあまり耳にしない言葉の意を、西行の「ふる畑のそばのたつ木」という用例等を引きつつ「冬のままに荒れた池」と解したことには讃同する。これまで如何程「古池」の古一字が、俳句形式自体の古さを象徴しているようで淋しかったことか。

要するに、古池の句の読みはさまざまであり、俳句は作者と読者との共同作業とも言える読みによって生命を得ることを痛感している。読みもまた一つの創作である。終りに、林桂著『俳句此岸』（鬣の会）所載の「なぜ蛙は池に飛び込まないのか」より、末尾の一節を引いておく。

「我田引水」ならぬ「我池引水」のような芭蕉の読みは、これまでも多くの俳人が行ってきた読みの中のものである。自分の方法を芭蕉にまで遡って求めることで、そこに正当性の道筋を付ける意識が顕在、潜在を問わず働くからである。もちろん、学者の読みではなく、俳人として自身の創造力を生むための読みである以上、それが誤読であっても何ら責められるべきではない。責められるべきは、その読みが生む創造性の有無だけである。

創造性に加担するのは想像力である。作句と読みの両方に亘る想像力の薄さ（素朴リアリズム偏重）への論及を結論としたかったのだが、それはまたの回にゆずりたい。

（「鷹」二〇一〇年二月号）

虚構の華 ―― 恋句は文学である

年の内に春はきにけりひととせをこぞとやいはむことしとやいはむ　在原元方
袖ひぢてむすびし水のこほれるを春立つけふの風やとくらむ　紀　貫之

時評というのに、いきなり古歌を持ち出すことをお許し願いたい。古今集巻頭の二首、一首目はご存じ子規が古今集批判の槍玉に上げた歌、二首目は一昔前古文の教科書に必ず載っていた歌である。そういうわけで懐かしいのだが、昨秋開催の冷泉家展において、藤原定家による古今集写本に接し、肉筆によるこれらの歌を見て、今まで古典和歌と言えば美しいとは言い難い不粋なレイアウトの活字本だけを眺めて来た者にとって、胸のときめくような感動に襲われたのである。その他、俊成の『古来風躰抄』の原本や、これまた古びた岩波文庫でのみ眺めて来た定家の『拾遺愚草』の原物を目のあたりにすることができたのも至福のことであった。

私的感慨を述べるのは本欄の役目ではないだろうが、わが短詩型の源にこういう世界のあったことを頭の隅に置くのも無益ではなかろう。また、真蹟のもつ迫力にも思いを至す。近い所では、昨秋小田原文学館に展示された湘子先生の筆蹟を思い出すし、また、昨春の「子規から虚子へ」と題した神奈川近代文学館の展示の充実ぶりを思い浮かべる。

冷泉家が代々にわたり和歌の典籍を守り続けて来たのは、その質の高さ、量の多さにおいて奇蹟のようだが、収蔵庫は神格化され祀られて来たという。現世の様々な困難の中にあっても、歌の命、言葉の力が信じられて来たのであろう。

さて、今回の展示で最も圧倒されたのは数々の私家集であった。簡単に言ってしまうと、私家集の体裁は今日私達が上梓する句集とほぼ同じ。歌の数は様々だが、美しい料紙に能筆で書写され、凝った文様の表紙が付く。著名なもので『素性集』『曾丹集』とか、興味深い『斎宮女御集』『清少納言集』等々、とにかく多彩であり、大体定家が表紙の題字と冒頭の何首かを書いている。今日の歌集編集者のような役割を果たしていたのであろうか。

更に時代の下る集も多く、今回初めて見つかったものもあるという。目に止まったものを一つ紹介すると『土御門院女房』の集。承久の乱ののち流された院を慕い嘆く歌を収めてある。金銀箔を散らした料紙を用いているのも哀切。今の世にもこうした経緯の歌(句)集は上梓されているであろう。

沢山の私家集が蔵されていたのは、勅撰集の選に備えるためで、定家のアンソロジストとしての面白躍如というところか。今日、俳句のアンソロジーはあまり目にしないが、各種歳時記の出版は盛んであり、短詩型の出版界の態様は数百年あまり変わっていないのではと思う。現今の句集出版の山に囲まれて、定家の見識と情熱と実行力を思いやっている。

白妙の袖のわかれに露おちて身にしむ色の秋風ぞ吹く　　藤原定家

かきやりしその黒髪の筋ごとにうち伏すほどは面影ぞ立つ

冷泉展を契機に、好きな俊成、定家の歌をというアンケートを各雑誌で散見するので、それに倣い日頃愛誦する定家の二首を挙げる。一首目は新古今恋五の巻頭、二首目も同じ恋五の作。

同展を観ていて、ケースの中に並ぶ勅撰集には、恋の部が開かれているのが多かった。四季に続いて歌数も多いし、歌に華やぎがあるのでそうなったのであろうか。その他、幾つかの歌合の展示でも同様であったが、連綿とした仮名文字は読みとり難いものだから、目は自然に歌題へ走ることとなった。恋の題は多様である。忍恋、祈恋等はともかく、見恋、遠恋、幼恋、老恋等どのように詠み分けるか。いずれにしろ歌合では当然のことだし、歌集収載作もほとんど題詠、つまりフィクションである。考えてみると、私達が常時行っている席題句会に「恋」という題が出たのと同様の気分であったろうと察しられる。そうした状況の下に、古典和歌においては言葉と想像力の秘技を尽くした恋歌が誕生する。

フィクションとしての恋が今ごく普通に詠まれているのは、連句の恋の座であろう。芭蕉七部集に見る洗練された恋句を経て、古典の恋歌の匂いがいささか息づいている。

そこで、俳句の世界についてであるが、紙数が尽きたし、ここでは最近目にした作を少し挙げる。

藍甕に浸けてもみたし洗ひ髪　　正木ゆう子
白鷺の逆羽吹かるる別れかな

句集『夏至』（春秋社）所載、「恋の座」とある章から引いた。前句は直接恋を詠じたものではないが、恋の気配充分である。また、〈抱き合へば滝の触れ合ふごとくなり〉〈明日知らず雌鹿雄鹿として眠る〉等は美しい虚の句として受けとめる。

短夜の逢瀬しぶきをあげはじめ　　眞鍋呉夫
自爆死のひとりは娼婦だつたといふ

註釈は不要であろう。軽舟主宰は掲句所載の句集『月魄』（邑書林）を評して、「俳句が小説などと同じ意味で〈文学〉であることを強く希求した」（角川書店「俳句年鑑」）と述べる。

実際、恋という心の機微は、文学という虚の世界を華麗に彩どるもの。終りに、恋歌の名手、和泉式部についての折口信夫の言を引いておく。

其よさは、歌を通して取り込んだ文学が歌を指導している点にある。

（『世々の歌びと』）

現実を止揚した虚の華にこそ真実が宿ること、それは他の芸術作品と同様であろう。

（「鷹」二〇一〇年三月号）

浅い句・深い句

神掛けて實も葉も赤き七竈心を見せむやまとことのは　石井辰彦
白百合の白きはだへに接吻む死を齎すてふ黒き蛾のごと

　毎年催される角川の俳句短歌新年会は、人数が多くて落ちつかないが、平素疎遠にしている人に会えるという楽しみがある。中でも、作品だけ知っている著名歌人を垣間見ることと、多少面識のある歌人と顔を合わせ、その健在を確かめることができるのが嬉しい。石井氏はそうした歌人の一人。赤ワインを片手に、少し憮然とした表情で群れることなく歩を進めておられることが多いので、ぼうっと歩いているとよく出くわす。今年の氏の表情には例年よりもけわしさが加わっていたようなのだが、およそ次のような言葉を交した。
永島　このところ、短歌も俳句も軽い作品が多くてつまらないですね。リズムだけでなく、中味が軽くて。
石井　若い時に軽やかな作を成し、老境に至ってまた軽やかになることがある訳ですが、この頃の作品は軽いのではなくて浅いんです。浅くて軽いからつまらない。深い内容を軽やかに詠むのが理想でしょう。

永島　そうですね。お互に深い作品を志しましょう。

実は、新年会に先立って角川俳句賞・短歌賞の授賞式があり、短歌はさておき、俳句賞作品から受ける何よりの印象が私には軽さなのであった。「俳句」二〇〇九年十一月号誌上で初めて接して以来、どのように評価の視点を定めるべきか迷っても来たので、四選者が皆推奨する作品について少し考えてみる。

日盛や梯子貼りつくガスタンク　　相子智恵

景がはっきり見えるし「貼りつく」の措辞もうまい。しかし、それで作者の感動の在り処はどうなのかという疑問を拭い得ない。俳句表現は物の描写に始まり、それで大方完結するのではあるが、その背後に作者が見えて欲しいのである。また〈バー真昼届きたる桃長椅子に〉〈水槽に闘魚口打つ音かすか〉等の都会的スケッチは、日常次元のままで今一つ表現も認識も詩的次元に至っていないのではあるまいか。

しかし、この日盛の句がもしも句会で回って来たら、私は採ると思う。「よく見てあり、ガスタンクだけがくっきり浮かんで、おのずから現代風景に対する批評となっている」と鑑賞する自分の声が聞こえてくるようでもある。つまるところ、こうしたコンクールでは絶対的な秀作の出現は稀で、ベターな作品でよしとせざるを得ない。「詠み尽くされたところを詠んでいるけれども、一ミリ抜きん出たうまさがある」という正木ゆう子評等はその辺の機微によく通う。

さて、私には一見軽いとしか読めなかった作品を書かせた根拠は何なのか、広く今日の世相や俳句界の在りようが気になるところ。そういった点に関し、相子氏の受賞のことばは興味深く示唆的である。今日の不況を、〝百年に一度〟というような決まり文句で言われると、百年の「年月と現在とが、単なる記念日みたいに薄っぺらになってゆく気がして、その言葉の違和感を、笑うしかなかった」という心のありようと、相子作品の風姿とに相通じるものを感じる。私達の身辺に漂っているもはや擦り減ってしまった言葉達への違和感、もう規範となるもののないような社会、どうしようもない虚無感に捉われそうな日々。そうした背景の下に「俳句と向き合い、師と友と共に過ごせるこの有限の時間を大切に」という希いが生まれるのであろう。その希求故であろうか、日常をシビアにではなくさりげなく描く大らかさが、相子作品の魅力の一つであることに気付く。

〈夏の月居酒屋の椅子道にあふれ〉〈洋犬の耳うらがへる木の実かな〉〈黄落や大学の名の駅に降り〉等を読んで、これは世田谷だと思いつつ、ふと作者の住所を見るとやはり世田谷とある。察するに相子作品の多くは、その生活圏の中で師弟との句会や語らいの場で生まれているのであろう。嘱目詠や題詠が多く、時に写実的な句、時に感覚的な句がかなりのスピードで詠まれている気配がある。これは今日多く行われている作句の場のありようだが、その先に、あるいはそれと平行して、句会で想を得た句を更にあたためて練り上げること、また一人で一句深耕に努めることも大切であろう。何事も茫洋と稀薄な社会では、存在感をもって一人立つことが肝要で、確たる個があってこそ、句会のような場での他者との充実した交流ができるのではあるまいか。句の深さもその結果としてもたらされるものである。

ここで、冒頭に掲げた石井辰彦作品について一言紹介しておこう。これは一九七三年、三一書房が募った『現代短歌大系』新人賞受賞作の冒頭作他一首。石井氏は当時二十歳の大学生で歌歴一年。恐らくこの受賞作がほぼ処女作で、一人ひそかに渾身の力をこめて練り上げたと思われる。選者は大岡信、塚本邦雄、中井英夫。ベターの作でなく、まさにベストの作として選ばれ、中井の熱烈な讃辞、塚本の誠実な評語は忘れ難いものである。かけがえのない青春を一回性の華に賭けるということもあるべきだろう。そのエネルギーに比例して定型が力を発揮する。

この三一書房の快挙に触発されて行われたのが「俳句研究」の高柳重信による五十句競

作。今も郷愁をこめて語り継がれているこの競作の余光が、新人顕彰の様々な仕事の背後には漂っている。賞ではないが、この程刊行された『新撰21』（邑書林）に見る若き俳人像について次回は考察してみたい。

（「鷹」二〇一〇年四月号）

虚無への供物——『新撰21』を読む

文中、引用句の組み方——天地揃えか字間均等か——は『新撰21』掲載時の各作者の方法に従った。

いささか旧聞に属するが、昨冬「新撰21竟宴のご案内」という書状が届いた。邑書林からで、二、三十歳代俳人のアンソロジー出版を祝う会のようである。同書林には、かねて、四、五十歳代を中心にした〝セレクション俳人〟というシリーズがあるので、今回の出版はそれに続くものらしい。それにしても、竟宴とは古今・新古今時代に勅撰集の完成を祝って宮中で催された宴のこと、それに対し『新撰21』とは全く殺風景な標題で、そのアンバランスぶりが何とも印象的。出席してみて、実際興味深い宴であったが、その次第は今さておき、ここでは『新撰21』の読後感を簡略に綴ってみる。

標題の21とは、四十歳未満の二十一人を収録の意。各百句と四十五歳未満の俳人による作家論とが載る。計二一〇〇句と各一頁の論を読み通すのは、まずシンドイ作業と思った。ところが、意外にも通読は楽しいものであった。日頃、買ったり寄贈を受けたりした句集を一日に数冊読むこともあるので、それと同じ気分で、百句所載の二十一句集に対することができた。それに、昨今上梓される大方の句集の日常身辺詠には、時に退屈し疲れることがあるのを否めないが、『新撰21』は飽きることなく一息に読み終えたのである。

菜の花や大声で呼ばれて困る　越智友亮

かるかやに色をおぼえず書店前　藤田哲史

あぢさゐはすべて残像ではないか　山口優夢

若さの順に三人を挙げる。越智は平成生まれ。感覚がリズムに乗って流れる。既成概念に拠らないみずみずしさが快く、俳句は季語に基づく概念の詩でなくリズムであると痛感する。

扇もて水を運んでゐたりけり　谷　雄介

青畝忌の柿にまつはる光かな

川はきつねがばけたすがたで秋雨くる　外山一機

水の春へツセの並ぶ歯科医院

このあたりに、いわゆる〇(ゼロ)年世代の本領があるのではないか。「青畝忌」「歯科医院」とあっても概念的でない。意味の淡さと表現の軽さとが読み手に癒しの効果をもたらす。

彼らと同世代の佐藤文香については、話題にされ易い既刊の句集『海藻標本』（ふらんす堂）の冒頭句〈少女みな紺の水着を絞りけり〉の意味性や分り易いイメージ性よりも、次いで現れる〈逆光の汽船を夏と見しことも〉の認識の力を買う。

ヨットより出でゆく水を夜といふ　　佐藤文香
行く春の聞くは醤油のありどころ

無意味に見えるけれど、詩的認識である。ということは、句の周囲にも作者の周りにも孤独と虚無感とが見え隠れする。

さて、虚無という言葉を持ち出したのに関連して、若い世代の作と言えば、やはり時代への抵抗感を期待するので、内容や表現にどういうラディカルな相が見えるか考察しよう。

冴返る旧居住者の鏡かな　　北大路　翼
遺言の録音をして柿一つ

この作者、標題を「貧困と男根」とし「女 LOVERS」の部立を設けているが、作品は静かで謙虚である。ただ〈雷鳴や背が裂けるまで鞭打つ愛〉ほかには、作句意図先行を感じてしまう。

次に、言葉のラディカル性ということで、本書巻末の合評座談会でも最左翼と目されている作品を挙げる。

古る街へサフランライスさらさらす　　九堂夜想
白骨の反りと冬虹と揺らげよ

意味性を排除した言葉の波動を一番楽しませて貰った作品群である。こうした「文脈的な意味を離れて、言葉のもつ『一回性』によって読み手のこころを捉える」（田島健一・小論）作品が、今日もっとあってよかろう。間違っているかも知れないが、昔読んだ吉田一穂の硬質な抒情を想起した。

続いて「言葉によっては触れることの出来ない闇に『言葉』を使って触れようとする」と述べる作者の作を挙げる。

十万億土に秋の団扇がひとつきり　　中村安伸
コスモスは咲いてゐないと兵士のやう

言葉先行の感はあるが、この形象性と批評性とは貴重。
ここまで、内容よりも主として文体について見て来たかも知れない。文体と内容は不即不離だが、韻文作品では文体やリズムがまず心に響く次第。終りに、内容の文学性に魅（ひ）かれた作品を少し挙げておきたい。

無月とは石の柩であるか　鳥よ　　田中亜美
冬すみれ人は小さき火を運ぶ

知的に屹立する乾いた抒情に現代性を感じる。

朝顔に雨のはらわた蒼かりき　　冨田拓也
晩秋の夢殿を掌（たなごころ）かな

本書の中で一番文学的である。塚本邦雄の一文に触発されたというスタート、無所属である点、エールを送りたい。

身近な髙柳克弘をはじめ、中本真人、村上鞆彦ほか主に伝統派作家に触れる余地がなく残念だが、機会を更（あらた）めたい。

総じての感想は、若さに特有の虚無感や喪失感、また感性の柔軟さなどは、時代を超えて変わらないということ。しかしその分、もっとエネルギッシュな変革を望みたく、これからの俳句界にどういう一石が投じられて行くか期待したい。

本稿の表題は、先月名前を挙げた中井英夫の長篇推理小説の題名であり、また、元来ヴァレリーの詩の一節である。

或る日我、波立つ海に
（されどそはいづくの空の下にか知らず）、
貴重なる酒の幾滴かを
虚無への供物として投じたり。……

（吉田健一訳）

このアンソロジーが芳醇な酒のようであり、今の世の虚無への供物であることを願う。

（「鷹」二〇一〇年五月号）

[追記]

『新撰21』という書名については、面白い体験をしたので記しておきたい。竟宴の案内を手に、これはこの本を買って読んでおかずばなるまいと早速紀伊國屋書店へ出掛けた。しかし、私の脳裡には書名がまだはっきりインプットされておらず、若い俳人のアンソロジーだから漫然と「新世代俳句叢書」と言った類の本を探せばすぐわかるだろうと思っていた。ところが、それらしい書名のものが見当たらず、たしか引返したと思う。そこで、後日また出向き、今度は書店員に尋ねたところ「ああ、それは『新撰21』と言うのです」という即答が返って来た。

さて、今やこの味気ない標題は立派な市民権を得て、至る所で眼にする。そうして私はこのネーミングの巧さに感心することしきり。不愛想を逆手にとり、思わせぶりを排した、何と言うか即物性の勝利である。「新撰」という簡略性もよく「21」が21世紀とも21俳人ともなって見えて来る。

その後、命名者の一人である島田牙城氏よりうかがった所によると、これは、一九四〇年、太平洋戦争直前の短歌界の成果『新風十人』を念頭に、俳句とか新人とかに言及しない書名を考案されたとのことである。

文体の新しさ

先月本欄でも取り上げた『新撰21』（邑書林）が、このところ、いろいろな所で話題になっている。思えば、平成になってはや二十余年、二十一世紀を迎えてからも十年、この十年を〇(ゼロ)年代とする呼称も定着しているらしいのに、俳壇には、これと言った目新しい動きもない無風状態が続いて来た。斬新な主張もなければ、はげしい論争もなく、目ざましい才能の出現も見ないまま、悪くすれば俳壇全体がこのまま高齢化の波に押し流されるのではないかと思えて来た。

そこへ登場した若手アンソロジーということで注目を集めているのだろう。収録の上限四十歳は二昔前なら既に中年の域だが、それはさておき、ハンディな一書の中に二、三十歳代の俳人のありようを見渡せるのは好企画で有難い。

話が変わるが、私が若い俳人の存在にはじめて触れ得たのは、佐藤文香句集『海藻標本』（ふらんす堂）によってであり、それはかなり衝撃的な出会いであった。二、三十歳代俳人の句集は他にも上梓されて来ただろうけれど、目に止まることなく過ぎて来て、『海藻標本』の有季定型でありながら、在来的な自然諷詠や日常身辺詠とは截然と別種のポエジーのありように心ゆさぶられたのである。以来、俳壇の底流として、あるいは尖端を切る形で、こういう若い芽の存在するだろうことを予覚して来た。従って『新撰21』の登場は有難く、それが俳壇に一つのエポックメイキングの役割を果たすなら嬉しい。

俳句総合誌や新聞紙上で紹介されているほかに、特に詩誌「現代詩手帖」における『新撰21』登載者をまじえての詩歌人による論評・座談会が興味深い。そうした中から一つ、広瀬大志氏の論の一部を、例証として挙げられている作品の少々とあわせて記してみる。

桜貝たくさん落ちてゐて要らず　髙柳克弘
寂しいと言い私を蔦にせよ　神野紗希
ぶらんこに一人が消えて木の部分　鴇田智哉
ビルが皆鏡なす大恐慌前の蝶　関悦史

このような作品を列記した上で、次のように述べる。

客観的に事象を捉え織りなすのではなく、言葉自体がその場に擬態化して、貼りつき侵蝕し同化していくということ。その主導は常に主観であり、結果として現れるのが風景のように見える自己であるということ。その自己がそれぞれの個性により彫刻されているということ。

同様のことは「〝写生〟ではなく、人為的に練り上げられた〝イメージ〟が、新しい風景として誕生している」というふうにも語られている。たしかに、客観写生の習練とか境涯詠の量産とは違う風景であり、俳人以外の読者をも引きつける魅力のあるポエジーと言えるであろう。

これらの作、必ずしも十全な成功作とは言えないかも知れない。ただ、在来的な詠法とは違う方法への献身を諾い、その面白さを私は充分に受けとめたい。その上で、ここで、文体という言葉を持ち出したい。俳句には、五七五という定型があるのだからそれに従えばよく、文体を考える要などないと言われるかも知れない。しかし、型がある故にかえって個々の文体が際立つ。思念は句意によりも文体に現れるのではないか。わずか十七音では散文的な事柄も思想も述べられず、俳句という詩型は極論すれば無思想である。よって、作者の思念は文体として顕(た)つ。若手俳人の新しさは文体が新しいということであり、ここから俳句界に新鮮な波の立つことが願われるのである。

ところで、話を変えて、文体と言えば、先般亡くなられた川崎展宏氏の作品が思い出されてならない。ときに定型に則らず、あるいは口語やカタカナを用い、やむにやまれぬ原体験や原風景を吐露する。しかし、充分に定型詩としての抑制が利いているし、本歌取や引用のうまさも目につくところで、句柄に重層的、文学的深みをもたらしている。

「大和」よりヨモツヒラサカスミレサク　川崎展宏

桜貝大和島根のあるかぎり

葛　桜　男　心　を　人　問　は　ば

炎天へ打つて出るべく茶漬飯

花はみな菩薩鬼百合小鬼百合

続いて、本年のニュースの一つとして、蛇笏賞の眞鍋呉夫句集『月魄』（邑書林）に触れておきたい。正字、活版印刷による一頁一句組、二一三句を収める重厚美麗な装いの一本であり、どの頁からも凛とあるいは艶に作品が立ちあがる。

死者あまた卯波より現れ上陸す　眞鍋呉夫

露草の力をわれに賜へかし

骨箱に詰めこまれゐし怒濤かな

襤褸市の隅で月光賣つてをり

心中がいちばんいいと雪女

戦死者、雪女、月光等のテーマを叙するに当たってのエネルギーがそのまま文体のエネルギーと化し、容赦なく読み手に迫って来る。言葉に均等にエネルギーのかかる文体が重いテーマを叙するにふさわしい。更にまた、雪女の作の一見かろやかに流れるリズムも内容と合致している。

更に、川崎氏、眞鍋氏共に原体験にある戦争の証言者であることを心して受けとめたい。短い詩型が長い散文に拮抗するだけの証言性を持っていること、何よりの非戦の思いの吐露になっていることに感動する。俳句における時事性は個の主体性の発露へと収斂されて行くものである。

（「鷹」二〇一〇年六月号）

早熟の才華――田中裕明賞をめぐって

第一回田中裕明賞が髙柳克弘句集『未踏』（ふらんす堂）に決まった。髙柳氏にとっても「鷹」にとってもめでたく心から喜びたい。

俳壇を見渡してみるに、賞の種類も数も多々あるが、若い人を対象にしたもの、殊に句集に対するものは少ないように見受ける。著名な所で、最近若手の応募が多いという角川俳句賞や俳壇賞は新作による競詠、また、四年に一度、四十歳以下対象の芝不器男俳句新人賞は旧作を含む百句による競詠だが句集は含まない。句集には俳人協会新人賞があるが、協会員に限られる。宗左近俳句大賞は、不明にして詳細は知らないが、新人の句集に対するものらしく、人名を冠している点、裕明賞に先立つと言えるであろうか。ただ、俳人の、それも夭折作家の名を冠したことで、田中裕明賞に文壇における芥川賞に似た意義を思ってしまうのも、あながち間違いではあるまい。

賞の対象が句集であるのは肝要な点である。作者の真の力量や句柄は、句集にまとまってこそ明確になる。単発の数句ないし数十句では、たまたまの好不調や、一回性のエネルギーの多寡に左右されることが多く、作者の全体像が摑みにくい。卑近な例では、月々の投句作の「鷹」誌上での景色（その出来具合が気になるし、ややもすると多くの個性的な仲間の作の中に埋没するやに思えることがある）と、一冊まるごとが自己表現として立つ句集の景色とは違うことは、多くの句集に接して感じて来たことである。

ところで、新人句集顕彰の意義にかかわることを一つ。それは、真の才能は早熟であるということである。透徹した眼というか感覚というか、はじめからすべてが見えている才能というものが存在するのではないか。一見、老成と見まがうけれど違う。体験智とは違い、かりに先験智とでも呼ぼうか。体験を経ていないから、かえって曇りなくすべてが見え、素早く言葉に転化することができる。若い真の才能にはそういう特質があるのではないか。そうして、はじめから他とまぎれない相貌を呈している。賞によってそうした才能が発見され、場を得ることができればと願う次第である。

木蓮は開ききつたり犬を抱く　　田中裕明
大学も葵祭のきのふけふ
夏の旅みづうみ白くあらはれし

裕明十八、九歳の作である。内容、措辞共に早熟と言うべきか、年齢を超越した静謐な風韻が漂う。

ここで、ようやく『未踏』について述べねばなるまい。確かに『未踏』は早熟の才の輝きを持っている。軽舟主宰は、序においてまずその点を述べる。すなわち「すぐれた青春俳句に共通するのは際立った巧さ」「措辞の完成が人生の成熟に先行することによってもたらされるある種の静けさ」等。

蝶ふれしところよりわれくづるるか　　高柳克弘
ねむれるは人ばかりなるぼたんかな
文旦が家族のだれからも見ゆる
朝顔に雨降つてゐる旅装かな
天涯に鳥のかほある桔梗かな

裕明氏はどこかで、書くことによって俳句が伝統詩であることを実感したと述べていたけれど、克弘氏も言葉を五七五のリズムに載せることをしているうちに、伝統詩の系列の端に自己表現の術を自得したのであろう。ほとんど無意識の習得であったはずで、その自然な自在さが、既成概念に拠らず亜流を寄せつけないこまやかな青春俳句を生んだのであろうか。詩の生命である類想性のなさがまぶしい。この上は、経験と共に更に見えて来るものや内容の深まりや措辞の一層の洗練等を期待する。第一回の受賞ということには、何がしか賞の性格を決する趣があり、そうした点も受けとめつつ先の長い活躍をして頂きたい。裕明賞の発案者は綾部仁喜氏であると聞く。同氏と克弘氏が総合誌で対談したのが記憶に残っている。それも大切な縁（えにし）と言えよう。

雪舟は多くのこらず秋螢　　田中裕明
渚にて金沢のこと菊のこと
どの道も家路とおもふげんげかな
月くらし鯖街道に向く窓は
みづうみのみなとのなつのみじかけれ

あらためて裕明作品を眺めてみると、まことに流麗、優婉である。言葉も内容も洗練され、それでいてこちらの魂の原郷に通じるなつかしさがある。また、殊更な言挙げはないのに内容は深い。そうした裕明作の在りようというか漂わす気配のことを四ッ谷龍氏は「存在の背後に横たわる未知なる世界」（『田中裕明全句集』〈ふらんす堂〉栞）と捉え、また、裕明氏の言葉に倣い「夜の形式」の志向と考える（一月に行われた龍氏の講演「『夜の形式』とは何か」は裕明作の魅力を詳細に解明し興味深いものであった）。作品の出発点は森賀まり氏の言のとおり「いつも、ただとても個人的なものを詠んでいた」（同栞）のであろう。しかし、作品は描写だけで終らず、読む者にはげしいまでの内面性をもって迫ってくる。夜の魅力というべきかどうか。夏石番矢氏の言う如く「あわいの気配」（同栞）として捉え感じることもできる。裕明作品は不思議かつ不変の魅力をたたえつつ賞の名と共に生き続けるであろう。

裕明、克弘作品を並べてみると、しなやかな文体、類想感のなさ等に相通じるものを感じるし、克弘作にも何かを暗示する気配がある。しかし、背後に在る詩情は個々別々である。今後顕在化して行く克弘作の詩情を楽しみにしていたい。

（「鷹」二〇一〇年七月号）

［注記］

四ッ谷龍氏はその後田中裕明に関する論考をまとめた『田中裕明の思い出』（ふらんす堂）を刊行。「『夜の形式』とは何か」の講演録も同書に登載されている。なお、本書は第十七回鬣 TATEGAMI 俳句賞を受賞した。

理想の結社

最近まで甲子園という言葉から誰しも思い浮かべるのは、阪神タイガースと春夏の高校野球に限られていた。ところが俳句甲子園の人気に漫画甲子園等が続き、今では短歌甲子園もあると言う。高校生が短詩型に関心を寄せ、やがて本格的に実作に取り組むようになるのは、興味深くも嬉しいこと。また、その余波もあってか、あるいは日本人の性向によるものか、テレビを観ていると、さまざまな短詩型番組が登場する（なかには、ハイクとか五七五とか銘打ちながら、内容はもとよりリズムも表現も俳句とは呼べないものも多いが）。

しかしそれはそれとして、少々考えてみると、このところ俳句に興味を持ち、折あらば実作に手を染めたいと考えている人は、全国に少なくとも阪神・巨人ファンを足した数位はいるのではあるまいか。それらの人々に、結社というすぐれた俳句世界の存在を知らせたいのが私の願いの一つである。

先頃、ある俳句総合誌の編集者と電話で話していたら、高齢化に伴い会員の減少している結社が多いと言う。それに伴って雑誌が薄くなり、背表紙に誌名の入っていないものが増えたとのこと（「鷹」はしっかり誌名が印刷されているので、雑誌を立てて並べることができるが）。

主宰自身が高齢を理由に幕を引く俳誌、あるいは、誌齢を重ね創刊以来の目途を達成したとして記念号をもって終刊とするもの等、いさぎよさに感動するけれど、注目していた俳誌であればやはり残念である。若い世代の結社志向が薄れていることと併せ、今更の感もあるが、結社のありようについて真剣に考えるべき時節であろう。ともあれ、幾十年か結社一筋に拠って来た者の一人として少し考えてみたい。

さて、横道にそれた所から話を進めるのをお許し願うことにして、「俳句」三月号に「きっかけの一句、決意の一句」という特集が組まれている。友人に誘われてとか、師の句風に傾倒してとか、家族の影響によってとかある作句のきっかけを読んで来て、ふと高山れおな氏の文が目に止まった。

行く春や鳥啼き魚の目は泪　　芭蕉

氏が「えも言われぬ魅力を感じて」として挙げるこの句、「きっかけの句」と問われれば私もこの句を答えるだろう。単純なリアリズムに拠らない重層的な象徴性、言葉が織りなすイメージの華やぎに打たれ、心の片隅でこの句を俳句の理想型と思っている所があ

る。氏が吉岡実の言葉の密度や塚本邦雄作品に関心を寄せた点も素通りできない感がある
が、ともかく氏は現代俳句のありように魅力を覚えず、たまたま書店で遭遇した「俳句空
間」誌に居場所を見出だす。きっかけは「新鋭作品」欄に投句した十句が掲載されたこと。

麦秋や江戸へ江戸へと象を曳き　　　高山れおな
夏の海火の海と鬩ぎ合ふ夢か
鏤骨とは紅葉に骨を鏤めし

この時の新鋭作品選者は宇多喜代子と四ッ谷龍。余談乍ら、龍氏とは「鷹」への氏の初
投句時代より交友関係にあり、時の流れの様を思うと感無量である。
さて、この高山氏の一文の結語部分は次の通りである。

以来十八年、我ながら驚くのは、〝芭蕉と「俳句空間」〟という、自分にとっての俳
句の構図が現在でも基本的に変わっていないことである。

実はこの結語に驚いて長々と紹介して来た次第で、〝十八年〟を〝〇十年〟に、「俳句空
間」を「鷹」に変えさえすれば、全く私の今のありようとして通じるのである。
これまでも折に触れ述べて来たところだが、「鷹」に出会ったから俳句を始めたわけで、
誇張でも何でもなく「鷹」がなかったら俳句に関わってはいなかったろう。つまり、公平

な視点に立ってみて、「鷹」は結社誌として理想の姿を貫き通して来たと思えてならないのである。

湘子主宰はよく型は習得しなければならないが、発想は自由であると言っていた。ここのところに結社の要諦があると思う。結社誌の多くを見ると、やむを得ぬ仕儀かも知れないが、会員はまず選者である師の句風を学ぼうとし、結果、類似の作ばかりが並んでいる。一誌だけで自足し、外への窓が閉ざされている印象があり、それは自由な自己表出や自由な情調の授受という文学の本質にとって困ったことではあるまいか。定型詩であるから、その型や方法を身につけなければことは始まらないが、内容は個々の作者の内的必然に拠るものでなければならない。そこに作品を見る選者の眼力や度量が関わって来るけれど、投句者はまず選を絶対に受け入れる要があり、その上で更めて自己開発をする。こういった点は、若い作者には解し難いかも知れないし、結社には何かと矛盾もある。しかし、それはそのまま俳句という短詩型の宿命に通じているのではあるまいか。結社論には軽々に断じ得ぬ面があると思うけれど、「鷹」は俳句の宿命を正当に負っている結社であるには違いあるまい。

主宰による選の他に、結社には相互研鑽ということがある。句会、吟行等を通じて切瑳琢磨し、とかく内向しがちな作句心に刺戟を与え、作句の視野を拡げる効用がある。俳句同人誌はこうした相互の力によって成立しており、結社誌におけるよりも各人の自立性が強い。時宜に即した評論の力等にも注目、結社誌側の学ぶべき点である。ただ、選者の非在は気になるところ。選者と作者との間の帰依と反撥という厳しい往還作用が俳句文芸を育てていることに思いを致す。

（「鷹」二〇一〇年八月号）

死ぬまで踊る

七月十七日、横浜の海岸通りのアートスタディオで執り行われた「ブラヴォー！　大野一雄の会」へ出向いた。六月一日、一〇三歳で逝った舞踏家のお別れの会である。生前の公演の写真が飾られたり、スクリーンに写し出されたりする会場に、若い人達が雑然と集まっている中で、遺影に一茎の白いカーネーションを捧げ、私は幾年かにわたる思いの一つが、しずかに収まったような気持になった。

これまでの生涯に、私は舞踊や舞踏に格別の関心を抱いたことはないが、大野一雄氏はたまたま永田耕衣と親交があり、耕衣の米寿の会で踊られたのを見て感動したのであった。その後、縁あって子息の大野慶人氏と出会うことが重なり、大野父子の舞踏のありようが常に心にかかって来たのである。そうした経緯の中でのこと、晩年の一雄氏の上にも已み難く老いが訪れ、舞踏家の生命とも言うべき肉体の不如意を抱えておられることを知り、ある時慶人氏に、父上はいかがか、稽古場へ出たりされるのかと不躾に尋ねたことがある。その折の即答は「ええ、それは……死ぬまで踊ります」という低音のしずかな発語であった。体の自由が失われて行っても、上半身だけ、手だけ、指だけ、眼だけでも踊る——それが一旦舞踏を志した者の当然の行為、義務、宿命であると、私は胸衝かれる思いで受けとめたのである。事実、その後、車椅子の上で「花」「花狂」等と題して踊られたことがあるが、眼で追いつつ舞うその指先は花びらのように華麗であった。

長く俳句を作り続けていると、俳句に対して時に心弱ることがある。作句エネルギーが湧かないとか、自作がつまらなく見えて仕方ないとか等々。そういう時「死ぬまで踊ります」という一語によって私はいつも自らを奮い立たせて来た。死ぬ日まで書く、それが書くことを志した者の本然の在りよう。他者からの評価を待つのではなく、書くべくして書く、老いが訪れて来たならば、老いの中で、老いのままに書いたものを発表する。それでよいと思う。

話が深刻になって来たので話題を変える。永田耕衣は晩年「衰退のエネルギー」ということをよく言っていた。「老人力」などという言葉が流行する前のことである。詳細はともかく、七、八十歳代の耕衣は多作であり、句柄がまことに自在、奇想と呼びたい程のイメージを展開し、多くの造語を駆使した。そのようにして、自らも楽しみ、他者をも喜ばせ、俳句定型詩として読者を納得させていたのは見事な眺めである。老境というのは、誰にとっても初めて足を踏み入れる処女地と言われる。そこにどういう足跡を刻するか、耕衣の老いのエネルギーには学ぶべき点があろう。

さて、近来、定年後とか、主婦業を終えたからということで俳句を始める方が多いが、現役中の経験（知識や体験の蓄積がその人の精神生活と一体化し、人格化したものと考えておこう）が、七、八十歳代になって俳句定型と融和し、人それぞれの調べを奏でるようになったらすばらしい。大野一雄氏は、女学園の教師をしつつ若い時からモダンダンスを行って来たが、独自のスタイルを確立し、舞踏家としての本領を発揮したのは七十歳代に入ってからである。世界的な出世作「ラ・アルヘンチーナ頌」は、青年の日に観たスペインの舞姫への数十年を経ての頌歌なのである。その他の代表作の多くも八十歳を越えての新作である点が心に残る。

本時評では、このところ若手の作品を多く取り上げ、その新しさを称揚して来た。そうして、今後を期待するという決まり文句を記して来たように思うが、それで事は済むまい。本音を言えば、今の若手の二、三十年後の作を私が目にすることのないのはさびしい。そこで、自らを励ますためにもと、今の八十歳以上の作家の作を少し掲げさせて頂く。最近総合誌他で眼にとまり感動した作品の内の一部である。

水 に な る 氷 を 音 の 始 め に て　　綾部仁喜

夜の明けるころ凩は水のいろ　今井杏太郎
男女七歳にして無花果を食うべけり　柿本多映
さしあげて放ちゃる鳩佐保姫へ　澁谷　道
椿騒こころ古典にかたぶきぬ　八田木枯
春行くと鶏鳴せつに応へ合ふ　皆川盤水
黄のタオル春陰三日ほどつづく　金子兜太
春寒のある朝喀いた血は珊瑚　星野石雀

自然観照の深さあり、意表をつくウイットあり、ユーモアあり、日本語の美しさを駆使した詞芸にはおそれ入る他ない。はたしてこういう日本語の特質が、数十年後まで今の若手俳人達によって保たれているものかどうか。日本語そのものの未来についても考えねばならず、今後の課題としたい。

なお、老年と若年については、たまたま目についた次の耕衣語録の痛烈さに打たれたので記しておこう。

老齢は、荒野に咲き乱れる野菊一束ねほどにも、売物にはならぬ。若齢とてまた然り。

（句集『物質』後記より）

終りに、湘子のことを記したい。湘子はまさに死の際まで作句したが、それにとどまらず、晩年のインタビューの表題「死ぬまで育てる」(「俳句四季」一九九四年六月号)のとおりを実践した。逝去の十日余り前の大阪中央例会における常と変わらぬ語調を思わずにはいられない。その時既に、周到な前書「無季」を付した辞世〈死ぬ朝は野にあかがねの鐘鳴らむ〉は出来ていたはず。しかし、自作の完結と同様に、またそれ以上に、弟子を育くむことを終生の志としていた。類例を見ない在り方と言えよう。

(「鷹」二〇一〇年九月号)

[追記]

この稿のちょうど二年後、私は東中野の「ポレポレ座」で、大野一雄の晩年を撮った映画を観ている。「大野一雄　ひとりごとのように」(監督・大津幸四郎)がそれで、稽古場での様子や車椅子での公演「花」が写し出されるドキュメンタリーである。シュトラウスの「青きドナウ」に乗って、てのひらが花のように舞い、眼は彼方の何ものかへ向かって、懸命に開かれている——それは感動的な渾身の舞踏であったが、映画の中で、私が忘れ難く烈しく心打たれた一シーンについて記しておきたい。

稽古場での一ショットと思うが、一雄氏がかっと眼を見開き「誰が私にゆっくり休めと言うのか?」と烈しい語調で言い放ったのである。舞踏中の静穏な横顔や、日常の優しい笑顔しか知らなかった私にとって、それは、唯一眼にした氏の烈しい怒り・激情の表明であった。

人々はよく老境を迎えた人に対して、「これからはゆっくりお休み下さい」等と言う。しかし、休んで一体どうなるというのか。人は皆、その本分を生きるしかあるまい。死の際まで踊るのである。

無私のエネルギー

八月は喪の月である。

少なくとも昭和初頭に生まれた者にとって、八月の灼けつくような太陽と深い紺碧の空とは、戦時の、殊に敗戦の記憶と切り離せない。戦後六十余年、なお、原爆忌、敗戦忌が数多く詠みつがれている所以の一つである。


六日午前八時ぞ蟬よ鳴き止むな　アーサー・ビナード

先頃、NHKの俳句番組に投じられていた句。昭和二十年八月六日午前八時十五分、広島市相生橋の上空で原子爆弾が炸裂した。そのことへの痛恨の情を「原爆忌」という抽象表現によるのでなく、作者の今の立位置にあって（現に広島にいたのか、自宅にいたのかは関係なく）聞こえてくる蟬の声を詠んでいる点に共感する（実際、今拙居の窓からも蟬の声が盛んに入って来ている）。また、作者が米国人作家である点にも、もちろん感慨が湧く。

少し古い話になるが、二十世紀末年の頃、マスコミでよく二十世紀最大のニュースはというアンケートが行われ、原爆という答の比率が高かったと記憶するけれど、私も同感。季語として定着している原爆忌は、重く詠みづらいテーマであるが、心して詠みつぎたい。詠みつぐべきである。

八月を喪の月と思うのは、旧盆の月、死者を弔う月でもあるからである。そこで、最近逝かれた俳人を思い浮かべてみると、川崎展宏、松澤昭、森澄雄各氏。展宏作品には前々回触れたし、松澤氏には面識がないが、森作品には長い間親しんで来た。殊に淡海の旅吟の数々は今も愛誦している。

秋の淡海かすみ誰にもたよりせず　森　澄雄

「俳句」九月号に次の句を見るのには心打たれる。旅吟ではなく、入院中、遥かに憧憬の地を思いやっての作らしい。

淡海今諸方万緑谷深し　森　澄雄

生涯真直ぐに俳人魂を貫いた作者と言えよう。

ところで、本欄は短歌に触れる場ではないが、淡海と言えば人口に膾炙している一首を掲げ、先頃逝去の作者を悼もう。

たつぷりと真水を抱きてしづもれる昏き器を近江と言へり　河野裕子

ここで、関西の女性俳人として、二月七日急逝の山田弘子氏を思わずにはいられない。実は氏とは面識がなく、そのどことなく閑雅な作品にも接する機会を得ぬまま過ごして来たのだが、何より気になるのは、氏が志した京極杞陽伝が未完のまま終ったことである。「六の花ふりはじめたり」と題する評伝(「俳句研究」)が序論の段階で終ってしまった。杞陽が虚子と運命的な出会いをする直前での終結は、杞陽に関心を持つ者にとって、代替の利かない無念な損失である。この上は、上梓された遺句集『月の雛』(ふらんす堂)を開き御冥福を祈る。

灯を消して月の雛としばらくを

忘却といふ救ひあり天の川

山田弘子

「鷹」においても、塩川秀子氏、また、最高齢の井上頼男氏逝去の報に接し、心よりお悼みするが、ここでは、いささか私事にわたる訃について述べさせて頂く。

優に二十年以上昔のこと、当時私は「鷹」の添削者の一人に任じられていて、毎月の句稿に朱を入れて返す会員の一人にK氏がおられた。氏は義理固く歳末になると氏の居住地特産のワインを送って下さり、それは私が添削者の任を終えてからも続いた。下戸の私は少し困りつつ、でもそれを新春の屠蘇代りにするのを楽しみにして来た。本年も元旦に、さあKさんのワインをと思った。ところが、無い。そう言えば、歳末に届いていなかったことに思い至り、以来気になっていたところ、誌上で十二月初めに逝去の報を見る。ここ数年、氏は「鷹」の会合に姿を見せていなかったが、欠詠はなく、二月号には最後の作が載る。

K氏は湘子と同齢、「馬酔木」以来の長い句歴があったらしい。農を業とし、馬に関わる仕事もしておられたらしいが、くわしいことは知らない。近くの「鷹」会員との接触もあまりなく、私も私的なことは伺わないまま過ごして来た。

ここで述べたいのは、K氏のような経緯を辿る会員がかなりおられるのではないかということである。逝去ということでなくても、二、三十年あるいはそれ以上欠詠なく投句を続け、気づけば人知れず名前を見なくなっていた人のことを思う。想像するに、そうした方々は忠実に「鷹」を購読し、毎月投句用紙を投函し、主宰選の結果を一喜一憂しつつ楽しみにする。そうした歳月を重ねているうちに、それがいつしか日常の何よりの張合となる。しかし、ある時それは、何らかの私的事情によって途絶える。そうして、多くの場合、生前刊行の句集も遺句集もない。

このようなことは、本人にとって、また俳句界にとって、かえりみるに価しない無用なことであろうか。決してそうではない。俳句の世界は、こうした無名の人々のエネルギーを基盤としているのである。功を求めず、無私の喜びに徹した作句営為が伝統詩型の命を支えて来たのである。何であれ伝統を支えるのは、こうした無名のエネルギーであろう。

最近、若い人の結社離れが言われ、結社の効用を疑う見解もあるようだが、結社を支えている多数の無私のエネルギーの存在にも思いを致すべきである。近代以降の俳句は個の自立性を基盤とし、私自身もそうあることを志しているが、その更に深い所に在る大きな普遍のエネルギーを思う。結社の存在理由としてそのことを忘れるべきではあるまい。

（「鷹」二〇一〇年十月号）

衰退する日本語

先日、教育テレビの「NHK俳句」を観ていて「おや」と思い、以来気になり続けていることがある。ゲスト出演していた放送関係の女性が、入選作の一つに用いられていた「をちこち」の語について「どういう意味ですか」と尋ねたのである。その作を控えておかなかったのをお許し願うとして、「あちこちというようなことですね」と講師は応じていたが、長い間一般に使われて来たと思われる「をちこち」という日本語の意を、テレビ画面に始終登場する若い女性が知らないと言う。これはショックであった。遠いという意の「をち」が旧仮名表記なのでわからなかったのか、もともと「遠（おち）」という言葉を知らないのか、「遠近（おちこち）」というごく平凡と思われる言葉すら、最近の生活用語から消えて行っているのか。

をちこちの案山子の中を千曲川　藤田湘子

をちこちに死者のこゑする蕗のたう　三橋鷹女

案山子翁あち見こち見や芋嵐　阿波野青畝

あちこちに月の藪ある夜の秋

藤田湘子

遠い所、近い所に立つ案山子と、あちらを見たり、こちらを見たりする案山子とは違う。「をち」という字のもたらす距離感は、何かしらの憧れをさえ誘うではないか。対して、「あちこち」は目の前のあちらこちらに程の意。「遠近（おちこち）」というごく平凡な単語が消えて行くということは、この遠近を対照させる思考が、日本人の頭脳から少しばかり消滅することを意味する。考えてみると、すぐには具体例が浮かばないけれど、これまでにも似たような経験をして来たと思う。何気なく俳句に用いた言葉についてのみならず、日常会話のふとした用語について、意想外な角度からその意を尋ねられることが折々にあったことを思い出す。

一つの言葉が失われることは、その言葉のみが担って来た観念や情緒が消失することである。ここ数年、日本語の衰弱の気配が、確かな証拠がないままながら、身ほとりの実感になっていたが、その小さな一例に遭遇したと思うのである。些細なことと笑わないで頂きたい。小さなことからすべては始まる。無数にある些事がある時加速度的に増殖し、困った事態に立ち至ることは充分に考えられるのである。

ここで、この夏の暑さの最中に報じられたショッキングなニュースに触れたい。ある大きな企業が、社内の公用語、会話の一切を英語に限定するというのである。何という無謀か、日本人の精神と生活の基盤である日本語を英語に置換するとはということであるが、落ち着いて考えてみるに、企業にとっては英語が必要なのである。グローバルに商売をするためのソフトな道具（ツール）として英語は必須。そこで今は、このような立場に置かれた社員が、ツールとしての英語に練達すると共に日本語とその基盤にある心とを忘れずにいて欲しいと願うより他はない。また、同じことの逆の発想になるけれど、私は常々外国語習熟のためには、その前提として、日本語に習熟している要があると思っている。日本語という地盤がしっかり出来ていない上に第二の言語を構築出来る訳がない。

さて、ここまで述べて来たことと関連して、取り上げておかねばならない一書がある。それは二年程前に刊行された水村美苗著『日本語が亡びるとき』（筑摩書房）である。日本語に日々関わっている者として読まねばなるまいが、読むのが怖しくもある表題である。こわいもの見たさの心境で、途中まで読んだり、拾い読みしたりを繰返して来て、今回通読、やはり、背筋がときどきぞくっとする怖しい本であった。

今日、殊に二十一世紀になって、地球上の政治・経済を司っている言葉は英語であるという大前提を押さえた上で、その強力な英語と日本語との関わりの歴史や現況が縷々綴られている。中でも、奇跡的とも言える質の高さと繁栄を見せたわが近代文学と英語との関わりのことと、亡びへ向かう日本語を押しとどめる手段としての国語教育の必要性が説かれている点には共鳴した。また、何はともあれ、著者の指摘のとおり、無策のままでは日本語は亡びる、少なくとも変質し、衰弱すると私も思う。

それでは、そういう状況下で俳人はどうするか。論が飛躍するようだが、考えてみると、俳句を詠むということのありようは、日本語の亡びという危惧を絶ち切るように働いているのではあるまいか。英語から見れば、主語がなくても通用するような非合理的言語、表音、表意文字の入りまじったややこしい字面、以心伝心を旨とする含みの多い表現、そういった特質を逆手にとって存分に生かしているのが、定型短詩、俳句である。しかも、大方は伝統的に文語で書かれ、旧仮名遣である。季語という言語遺産は、他言語や他国の詩型にはまず見当たらない。このような点を挙げて行くと、俳句は衰退の方へ向かっていると見える日本語の力を押しとどめる橋頭堡（きょうとうほ）（この言葉はもう死語だろうか）の役割を果たしているのではあるまいか。しかし、油断はできない。まず、日常語ではなくなっている文語のありようについて真剣に考えるべきだし、伝統性に安住した句作だけでは、日本語の命を輝かすことにはなるまい。言葉について述べたいことはなお多々あるが、今回はこれまでとし、読むたびに共感する前記水村美苗著作の一節を掲げておく。

人間をある人間たらしめるのは、国家でもなく、血でもなく、言葉である。日本人を日本人たらしめるのは、日本の国家でもなく、日本人の血でもなく、日本語なのである。

（「鷹」二〇一〇年十一月号）

［追記］

本時評をたまたま目にされた篠弘氏（日本現代詩歌文学館長）が、同館開催のシンポジウム『詩歌のかな遣い――「旧かな」の魅力』（二〇一〇年一〇月三〇日　パネリスト 武藤康史、松浦寿輝、永田和宏、小川軽舟　司会　篠弘）において、この水村美苗の一節を引きつつ「日本人たらしめるのは日本語なんだ」と会を締めくくっておられるのは有難いことであった。なお、同シンポジウムについて後日刊行された小冊子より、篠氏のエッセイの末尾部分を引いてみる。

旧かなの使用は、新かなとの微妙な音の違いばかりではない。旧かなの文字の形そのものも、漢字とひらがなの綯い交ぜになった一行詩において、目でもって読み取るリズム感があるのではなかろうか。

言語芸術としての女性俳句

今年の秋暑はきびしい。十月もはや半ばを過ぎたと言うのに、日中の気温は二十五度を超える。七月の猛暑から続くこの暑さには、頭脳もうろうとして集中力が働かず、きちんとした仕事は出来ないで来た。しかし、そのような時期に、秋を先取りするかのごとく、句集が次々に上梓され、それらに目を通すのは、暑さをしばし忘れる楽しい時間であることが多かった。そうした中で、女性の俳句人口を思えば当然かも知れないが、女性の句集の刊行が相継いだので、今回は女性作品をめぐって少々考えてみることとする。

女流俳句という呼称が、女性俳句と変わってからどの位経つだろう。一昔前には、総合誌で年一度女流特集が組まれ、年齢順に数十人、顔写真付で一人八句程度がずらりと並んでいたものだ。気恥ずかしいような妙な感じがしたが、いつしか特集は消滅し、女流の語も女性となった。俳句作者の大方が女性であるのだから、わざわざ性差を考える要もなくなったのか。また、実際のところ、小説はもとより、詩や短歌に較べても、俳句は比較的ジェンダーの投影されることの薄い詩型と思える。「鷹」の中央例会の場面を思い起こしてみても、名告りを開くまでジェンダーのわからぬ句が多い。
ただ、句としてまとまるとどうか。今回、十数冊の句集に接し、女性作品が、ある種女性らしい特質において進歩を遂げていると感じた（詩や文学において進歩というのはおかしいので、言い換えれば、女性俳人の長い間の健闘の成果がくっきりと目に映ったということである）。そこで、手許にある句集中、私より若い世代の六句集を刊行順に取り上げ、任意に二句ずつ引いてみる。

『蟲狩』
朝な夕な伊萬里火鉢に見初めらる　大木孝子
をみなみな傀儡めくなり瀧の前

『鎮魂』
雪の暮雪の生家に遠からず　西村和子
かたかごのひとつ離れてさしぐめる

『可惜夜』
青麦に生まれ黒穂となりにけり　下村志津子
狐火のどの頃までを戻らうか

『百千鳥』

行く年の椿に流れ入る時間　　武藤紀子

霜の夜は候文のなつかしく

『家族』

しろじろと二月の鹿に待たれゐる　　名取里美

鶯やうしろの人もゐなくなり

『星涼』

百合の斑のごとくに耐へて雨の中　　大木あまり

雷神を友にぞしたき水辺かな

一人ずつ句集に基づいて論じたい作家達であるが、それはまた機会を得ればのこととして、総体的な印象と私がこれらを称揚したい感想のみを簡略に述べておく。

何よりも、日常の報告にとどまらない美意識の世界が基盤にあること、それぞれに詩的認識がしっかりとあり、独自の文体と相俟って、それが的確に発揚されていることである（表現史という語が最近よく用いられているようだが、それよりも個々の文体に視点を定めたい）。

そうして、当然ながら、作品はその背後に存在する日常を呼び戻すのではなく、普遍的であると同時に新しいものでもあるべき詩の領域に向かって開かれている。充分に個を主張しつつ、それが同時に普遍の詩の領域につながり華ひらいている、そのことが女性俳句の本来の在りようの一つと思えて喜ばしい。女性の俳句作品については、従来、作者の境涯を裏打ちとした解釈や鑑賞がなされる場合がほとんどで、あき足りない思いでいたところへ、ようやく前掲したような作品群が登場し、読み手に境涯を超えた詩の領域を見せてくれたのが嬉しい。

ところで私は、長い間、こうした個の美意識に基づく言語表現の形は、女流短歌の世界では、つとに成し遂げられていると思って来た。いろいろな歌人の名が去来するが、とり敢えず、葛原妙子の二首を任意に掲げてみる。

いまわれはうつくしきところをよぎるべし星の斑のある鰈をさげて　葛原妙子
飲食ののちに立つたる空壜のしばしばは遠き泪の如し

私が女流短歌を愛読するのは、こうした象徴詩の系譜に連なる作品の存在故である。そうして、この鰈や空壜の実在感は、俳句における季語のありように通底しているのではないか、これだけの思念の深さが俳句で書けないか、書きたい、書けるはずだと思い続けて来た。それが言語芸術としての俳句の一つの達成点であり、その端緒がようやく前掲のような成熟期にさしかかった俳人の作に見えて来たのである。なお、その先駆的作品として、三橋鷹女の晩年の作や飯島晴子の言葉の力に賭けた数々の作を思う。

藤垂れてこの世のものの老婆佇つ　三橋鷹女

天網は冬の菫の匂かな　飯島晴子

こうした、いわば情緒や情念の形象化は男性作品ではあまり目にすることがないし、男性の評者の視点や論点の中にもそれ程入って来ていないのではないか。存在の底を見つめる透徹した眼とそこに漂う凛冽な抒情、それこそが女性俳句の秀抜な特質の一つであることを声を大にして主張したい。

（「鷹」二〇一〇年十二月号）

ジャンルを越えて

あのような感覚を抱いたのは私だけかも知れない、あるいはごく少人数だったかも知れないと今この時評にとりかかろうとしてふと思っているが、とにかく筆を進めてみよう。

二〇一〇年十月、「詩歌梁山泊 ── 三詩型交流企画」という名の下に、俳句、短歌、詩の三ジャンルにわたるシンポジュウムが持たれた。比較的若手の詩・歌・俳人の登場するものであったが、とにもかくにも、三ジャンルを横断する意見交換の場の設定自体が珍しい。これまでにもあって悪い筈はなかったろうに、不思議なことに、近来初めての企画と思える。

その集いで私が抱いた感覚が、久々の心の自由とでも呼びたいものであった。思うに、俳人だけの集いには、何かしら特定の俳壇的空気が漂っているようで、楽しいのだけれど、ふと息苦しさを覚えることがある。そこへ歌人が加わるとほっと一息し、更に詩人が加わると場の雰囲気が拡がるように思える。話題が俳句だけに限らず、さまざまな文学ジャンルに及ぶだけでも、心が開かれ、自由な風通しのよさを享受できるのが嬉しいのである。

シンポジュウムは一回目のこととて、特に目ざましい意見も出なかったが、第一部で若手作家の作品を具体的に取り上げて論評した発言の一つを紹介してみたい。論者は歌人、俳人、詩人各二名。俳人は田中亜美と山口優夢で、討議の対象となったのは、髙柳克弘と御中虫（おなかむし）の作品。私が気になったのは〈刈田ゆく列車の中の赤子かな　克弘〉という平明で注解の要もなく、作者名によって殊更立ち上がる訳でもない作を詩歌人がしきりに取沙汰したことであった。克弘作の本領は〈桜貝たくさん落ちてゐて要らず〉〈洋梨とタイプライター日が昇る〉等にあり、これらをこそ論じて欲しかった。俳句の読まれ方の難しさの実態を見せられた思いがする。今一人の、先般芝不器男俳句新人賞を得た御中虫の作も挙げてみる。

虹映る刃物振り振り飯の支度　　御中虫
結果より過程と滝に言へるのか

私としては、当日話題に上らなかった右のような作を採りたい。大胆な中に文学的節度が心得られている。〈歳時記は要らない目も手も無しで書け〉という近年珍しいラディカルな言挙げも一旦受けとめる。この媚（こび）の無さを買って今後を期待しよう。シンポジュウムでも他ジャンルからも注目されたのは喜ばしい。短歌の二名の作品からも挙げておく。

致死量に達する予感みちてなほ吸ひこむほどにあまきはるかぜ　光森裕樹

雨降れば皆いつせいに傘ひらくはなやぎに似て去年の片恋　野口あや子

第二部のテーマは「宛名、機会詩、自然」というもので、論点は機会詩に集中した。このテーマ、殊に時事性については、従来から短歌、俳句の間でよく論じられて来たところ。今回も興味深い発言があったが略させて頂く。なお「宛名」とは珍しいテーマだが、俳句は宛名のない文学ではないかという発言が耳に残っている。

さて、ここで始めに述べた俳句、短歌、詩が共存する場における自由な感覚ということに戻ってみる。シンポジュウム等の場における問題としてではなく、俳人としての視野や態度の問題として。作句における技法の修練は必須であり、たとえば、助詞一語に腐心することもあるが、それと平行して作句の視野の広さも持たねばなるまい。俳句は詩であり、創作であり、自己表現である。一字一句、技法の一切を師に教わるというにとどまらず、自己を外へ向かって自由に開いていたい。開かれた窓から他の文芸や美術、音楽等に触れることにより、それを触媒として自分の本来の姿を見定めたり、新しい自己を発見したりするだろう。俳句は形式のみでは成立しない。内容をどう醸成するかにも意を用いたい。

ところで、更に話が変わるが、この数か月、私は大変豊かな二冊の書物に楽しませて頂いて来た。

その第一は高橋睦郎著『百枕』（書肆山田）。枕をテーマにした随想三十篇と各篇に添えられた十一句、計三百三十三句から成る。枕詞、歌枕等の語を思いみても枕は俳句に親しいが、季語ではない。著者はその枕と時代を超越して自在に遊ぶ。文学的追尋のみならず枕についての考証も多岐にわたり興趣尽きない。〈白妙は傷みやすしよ菊枕〉は久女への挨拶。人麿の辞世に唱和するのは〈石枕われもしてみん人丸忌〉。蕪村を援用しつつ枕を晩春の季題としたいとも言う。著者の学殖と詩才とが優雅に鮮烈に舞踏を続けているような楽しさである。

続いては、岡井隆著『注解する者』（思潮社）。歌集ではなく、高見順賞に輝いた歴とした詩集である。著者自身が「注解する者」と名告り、八雲、鷗外、ウィトゲンシュタイン、芭蕉、宣長ら古今の文学者、碩学に、自在にエッセイ的注解を試みる。その合間に著者の日録とも言うべき詩が挟まれ、話題はオペラから宮中参内にまで及ぶ。内容も詩法も自在かつ豊麗、岡井氏は魅力的な詩のジャンルを創出したのである。

氏は八十歳を超えられただろう。齢を重ねた文学者の仕事は、それまでの文学的営為の質と密度に比例して「文学の文学」の性格を帯びる。各ジャンルを縦横に馳せ、踏跡と創造とが合体している見事さは、文学の文学の一成果として屹立している。同様のことは、七十歳を期して執筆された高橋氏の著書についても言えるであろう。こうした豊かな文学の存在は俳人にも享受の悦（よろこ）びと創作の力とを与えてくれる。

（「鷹」二〇一一年一月号）

［追記］

高橋睦郎氏、岡井隆氏共、その後の活躍著しく多くの著作を見るが、高橋氏の著作の中から少しだけ挙げさせて頂く。

歌集『待たな終末』（短歌研究社）

句集『十年』（角川書店）　蛇笏賞受賞

詩集『つい昨日のこと　私のギリシア』（思潮社）

『季語練習帖』（書肆山田）

高橋氏は八十歳を迎えられたが、先頃の出版記念祝賀会において、これまでは習作時代、本当の poésie を求める旅はこれから始まる、と語られていた。

電車の中で――俳句の変容

俳句とあまり関係のない話から始めることをお許し願いたい。私は、常日頃、地方のことはよく知らないので一応措いて、東京及びその周辺地域のJRや私鉄の電車内風景を大変面白いものと思っている。

いつだったかテレビで放映されていたが、外国人観光客にとって、電車がらみの光景は築地の鮪の糶に匹敵する人気があるらしい。電車の一秒も違わぬ発着は周知のこととして、たとえば、満員電車に駅員が体当たりで乗客を押し込む光景を観光コースに入れて欲しい等と要望する（中央線歴半世紀を超える私は、最近まで新宿駅で目にして来た光景）。

さて、以上は余談。外国人に一番物珍しく映るのは、車内における日本人の勤勉さであろう。超満員でも新聞を八つ折りにして読んだり、僅かな空間に週刊誌を拡げていたりする。坐れた時には、七人掛のうちまず五人は読書に耽っている（「鷹」を読んでいる人も、俳句を案じている人もいるに違いないし、軽舟主宰は選句している）。なお、わが車内で最たるものは、前後不覚に眠っている人の多いことで、にもかかわらずスリの被害の少ないのは特筆に価するが、本稿テーマと関わりが薄いので省略する。

本題に入ることとして、右のような車内読書風景は近来変容を遂げつつあると思う。携帯電話（以下ケータイとする）を片手に足許も見ず乗り込んで来て、どかと坐り、一刻も画面から目を逸らさぬまま目的駅で下車する。時に、七人掛の全員が目の前にケータイを掲げていることすらある。思うに、彼ら彼女らは、4×6センチ四方程度の世界との交流の中でだけ生きているのである。情報は地球全体から集まっているにしても、小さな矩形のメールの世界にのみ浸っている。メール句会の俳句を発信している人もあろうけれど、小さな四角の中に光る文字で横書きというのは、紙の短冊に記すのとは違う感覚であろうと想像する。

「鷹」の草創期、私が俳句を始めた頃、まず句材にしたのは通勤電車の窓外風景であった。美しい夕焼、一樹の桜や桐の花、土手の菜の花、富士のシルエット等々。今日では、窓外を流れる風光等には一顧も与えないのが大方の風潮であろう。そうした中で、俳句の素材も情調もおのずから変容を遂げるに違いあるまい。しかして、私としても、俳句は古い情調への傾倒（フェティシズム？）にとどまるべきでなく、伝統をしかと踏まえた上で、時代の流れの尖端に立つべきと考える。その見地からは、メール世代の俳句を冷静に見守り、その行方を見つめるにやぶさかではない。

焼そばのソースが濃くて花火なう　越智友亮

（「傘〔karakasa〕」一号）

この作者は平成三年生まれ。一昨年末刊行され本欄でも紹介（本書29ページ所収）した『新撰21』収載作家の中で一番若い。ごく日常的な平易な句に見えるが「花火なう」とは何だろう。『新撰21』に同じ作者の〈夕爾忌の花火が夜に触れている〉があるから、ここは「花火の夜」と平凡に置いても構わない所なのか。そのようなことを考えているうちに、この「なう」が昨年末選ばれた新語・流行語賞の一つであることを新聞紙上で見つけた。ツイッター用語で、今いる場所やしていることを伝える時の語尾に付けるのだという。英語のNOWの転用とでも言うか。掲句は、花火を見ながら焼そばを食べているというのだろう。それにしても、ここまで進んでいるケータイ用語の記号化、簡略化は今後否応なく俳句の世界に侵入してくるだろう。とすれば、新語への寛容の限度を考えざるを得まい。

新語と言えば、二、三年前の歳末新語大賞に「ア・ラ・フォー」というのがあった。その意を説明されて、ア・ラ・エイトの私は口をあんぐり、その造語の巧みさに恐れ入ってしまった（もちろん、絶対に困る言葉であることを前提としての話）。○○風にという意のフランス語 à la に英語の four を付けたところや forty と言わないコンプレックスまじりの自尊心がほほえましい（一説によるとaround fortyの略語だとも言うが）。謎めいた新語が次々に誕生するが、一時大流行した「KY」はその後どうなっただろう。

困る新語についてはとめどがなくなるので止めるが、これまたきりのないカタカナ語について一言。古くて身近なものでは、カルチャー・センターはカルチャーで固定化し、ほんの一例だがスーパー・マーケットはスーパーで通用する。

かと思えば一方、アニミズム、アイデンティティ、パラダイム等々俳句界でも目にとまるカタカナ語には適切な訳語を考えて欲しい。今は昔、外来語の押し寄せた明治初期に、観念語や学術語に見事な日本語訳を当てた先人は立派である。たとえば、自由、哲学、経済、倫理等すべてそうである。

ところで先頃、国語審議会の改訂した常用漢字表が発表された。これまで二〇〇〇字を切っていたのが、二一三六字となったのはよいことだが、これが私達の日常にどう関係するか。鶴や亀が入っていて鷹の字が入っていなくても、私達の「鷹」誌の運用にも宣伝にも、まして作句には何ら影響はない。雑誌の校正の際に、漢字の字体について少々考えなければならないというような厄介が増えるだけと思う。国語審議会の役目とは何なのか。新語やカタカナ語に腹を立てているうちに紙数が尽きたが、日本語の姿かたちを正す真の有識者の力が欲しい。ただし、それは強権的であってはならない。強権の下に屈するよりは野放図な言葉の自由を選ぶ。

（「鷹」二〇一一年二月号）

［追記］

〈焼そばのソースが濃くて花火なう　越智友亮〉の句の「なう」については、当時インターネット上で拙論に対し幾つかの論評がなされたようだ。そのうち、私が目にすることのできた関悦史氏と神野紗希氏のものを以下簡略に紹介させていただく。

まず、神野氏の掲句鑑賞から（週刊俳句時評、「週刊俳句」二〇一一年三月六日号）。

主体にとっての「今、ここ」の花火大会のリアル感（たとえば「焼そばのソースが濃い」という事実）と、「花火なう」が拡散していった先の、たくさんの人（twitterを見ている人たち）の「今、ここ」。それをつなぐ、ゆるやかなインターネット空間と、花火が次々ひらく眼前の大きな夜空。それぞれ別の人で、別のものなのだけれど、おんなじこの世界に、すべてがそれぞれとして、重なりつつ存在している。それが楽しいし、嬉しい。

読んでいると、こちらまで嬉しくなるようで、この感覚は充分納得、理解できる。

次なる関悦史氏の鑑賞もほぼ同様である（「閑中俳句日記（別館）」二〇一一年二月二十五日号）。

花火を見ても焼そばを食べてもそれを即座にツイートで友人知人たちと共有できる祝祭感と同時性を、力の抜けた姿のまま句に定着させているのが「なう」なのだ。そうして、次のような指摘がなされる。

新語の使用をも現代のリアルとして理解に務めようとする永島氏の姿勢は真っ当で好ましいが、にもかかわらずその大上段に構えた検証の姿勢と越智句の緩いめでたさの間には何ともいえない齟齬感が漂う。そしてこの齟齬感が、俳句の現在の一局面を象徴しているようでもある。

ここに用いられた「齟齬感」の語に、私は全く同意するほかない。表現する側のほとんど無意識の根本的な意図と、受容する側のこれまたありのままの感覚との間に相当な齟齬感が横たわっているのである。

抽象的な論述はなかなか難しいので、この越智句にかかわりつつ私の単純な齟齬感のようなものを述べてみると、花火大会や旅先で美しい花火を見たとして、私はそれを今すぐに他者と共有したいとは思わない。時経て人に語ることはあるにしても、今この花火を見ているということは、私だけのものである。そうして、それを他者に向かって開くよりも先に、花火を堪能しているのに伴って、脳裏にはそれまでの花火体験の数々が浮かんで来るだろう。今のこの花火とあわせてそうした花火経験に浸るのが喜びであって、それを易々と他者との共有の場に持ち出そうとは思わない。

　このようにして、俳句表現において、私は自己（個）を基盤に置く。従って、自己と他者との密接なつながりや、個の開放感を希（ねが）うありようとの間には、かなりの齟齬感が生じると言えよう。

　四六時中スマホを手に他者との交流に努め、それを自己の存在確認としているらしい最近の風潮を思う時、俳句における個の問題も変容を来しているに違いない。しかしこれは、今の私の能力で論じるには大き過ぎる問題なので、今回はこうした漠然とした私的感想にとどめておく。

俳句と世相――角川俳句賞作品をめぐって

恋は止めよと恋猫を送りだす　望月周

昨秋発表された角川俳句賞作品の冒頭に置かれている作である。老眼鏡の度が少し弱くなっているせいか、私は上五から中七にかけてをつい「恋せよと」とか「恋に励めと」という風に先入観的に読み違えてしまい、あらためてよく見てやっと、猫に恋は止めておけと言っているのだと了解した。

季語「猫の恋」の句として、初学時以来私の脳中にインプットされ続けている三句を挙げてみよう。

恋猫の恋する猫で押し通す　永田耕衣
わが屋根をゆく恋猫は恋死ねや　藤田湘子
しやぼんの手で恋猫恋に出してやる　飯島晴子

恋猫の声のかしましさがこの季語を成立させたのであろうし、人であれ猫であれ恋は一途と思う平素の思考回路からは生まれて来そうもないのがこの望月作品であり、意表を衝かれた次第。しかし、落ち着いて眺めてみると、別に不可解な句ではなく、これを枕に、今回の角川賞作品を中心に若い世代の作品について考えてみることとしたい。

望月作品には、マイナス的とは言わないまでも、静かに一歩引いて対象を見つめる作品に佳句が多いようである。

かきつばた白み白みてなほ昏し　　望月　周

我を容れ見知らぬ家の片かげり

流灯のうちかたまれる数を見き

こうした佳句を通じて養われた観照性が、時に次のような印象鮮明な激しい句を生むことにもなったのだろう。

遠火事の百年燃えてゐるごとし　　望月　周

冬滝が蠟燭を吹き消しにけり

望月氏は昭和四十年生まれ、句歴二十年。〈花野ゆく風邪にも効くといふ薬〉のような意の判然としない句や〈黄泉に火を放ちて来しと焚火守〉のような意欲先行の句もあるが、昨今珍しく、沈潜した内面的情緒の漂う点を買いたい。
続いて、今一人の受賞作品の冒頭句を挙げる。

桃咲くやこの世のものとして電車　山口優夢

実は私は、たまたまこの作品誕生の場に居合わせていた。某誌の企画した根岸、入谷方面の吟行に参加、その際の吟行句の一つで私も点を入れた。下町の電車（都電）風景をこのように捉え、桃の花と照応させたのが旨い。この世とはまさにこういうものだろう。二句目の〈春昼の路地からぞろぞろと喪服〉も同時作だが、多分虚構の喪服で、既成概念の匂いがあり、同じ吟行句では次の句の若さを買う。

ラムプ灯れば春の昏さのラムプかな　山口優夢

その他、選考座談会とも重なるが、心に残る句を挙げる。

しらうをも市場も濡れてゐたりけり　山口優夢
電話みな番号を持ち星祭

対象物がしっかり見え、詩情の在り処も見え、それに共鳴できるのが快い。しかし、後半〈稲妻や東京の坂みな古ぶ〉のような作者を俟つまでもない作が目に付く。選評でも言う〈赤い羽根どんなに集めても飛べず〉は論外としても、〈ハロウィンの街のあかりのパラフィン紙〉〈綿菓子の匂ひの小春日がいいね〉〈踏切をマスクばかりが通りけり〉等、いくら現代風景とは言え、何ともとりとめなくて軽い。そうして、昨年もこの欄で述べたように浅い。

この軽さ、浅さこそが現代社会そのものだとも考えられるが、俳句作者はその中にあって、もっと明確で濃い立位置を持っていたい。山口氏は昭和六十年生まれ、望月氏より二十歳若く、それだけに今の世相をより強く負っていると考えられるけれど、その受賞の言葉に興味深いものがあるので一部引いてみる。

・俳句というものに固有の特徴があるとすれば、それは季語や定型ではなく、世界の謎を書きとめようとする言葉の速度ではないか。

・謎を究明することでなく、謎の存在を確認することこそが、今生きている証なのだ。

しっかりした発言で共鳴するけれど、謎を書きとめる志が、表面的な現象の軽い把握だけに終らないことを願う。

俳句の描き出す時代相は刻々に変わる。時代毎のテーマがあり、句柄の変遷があって当然ではあるけれど、言葉の編み出す作品の奥に在る普遍のもの、存在の真実とでも呼ぶべきものを忘れずにいたい。それが真の謎であり、作品の存在価値ともなる。現代に生き、現代を描きつつ、ときに自身の能力をさえ超えて人の琴線の真実に触れる作品を残したい。

終りに、違う話題を一つ述べることにする。昨年末より朝日新聞で「孤族の国」なる記事の連載が始まり、まず、男性の孤独死やホームレスの問題が取り上げられていた。その中で定職を持たず引きこもりに近い生活をしている青年が紹介されていたが、彼の唯一の社会との接点は俳句だと言う。一度県の大会で一位になったことがあり、今も雑誌への投稿は続けているらしい〈どこまでも向かうあてなき冬野かな〉の一句が挙げられていた)。

こうした社会の動きにかかわる事象について、私は論評する知識も資格も持たず、心の端にとどめて置くしかないのだが、ただ、このところ、ある一つの言葉が遠く近く響いて来てならないので、記しておきたい。それは湘子が常に声を大にして表明していた「闊達なうたごころ」という命題である。社会に一種の虚しさやいらだちが漂う今日、この言葉は、俳句の未来を考えるに当たっても、洞察力ある含蓄に富んだ作句指針と言えるのではあるまいか。

(「鷹」二〇一一年三月号)

「やばい」考

うすらひは深山へかへる花の如　　藤田湘子
孔雀よりはじまる春の愁かな
春の鹿幻を見て立ちにけり

この四月十五日、湘子七回忌を迎える。はや六年を経たとは信じ難い程で、俳句と共に流れる歳月の早さに驚くばかりである。今回は湘子追悼の意を論点としたいところだが、考えがまとまらず、かなり異なる雑駁（ざっぱく）な論でお許し願いたい。

湘子には美しい春の句が多い。景や情を具体的に詠んだ作も数多くあるが、上掲句のように、情感そのものが言葉として結晶した抒情句には他の追随を許さぬものがあると思う。渾沌とした現実の中へ埋没することなく、対象をしかと見つめ、詩情を昇華した細みの美の極みとも言うべき「花の如」「愁」また「幻」には、なまじの解釈や鑑賞を拒むものがある。そこで唐突ながら、こうした極めつきの美を現今の若者はどう評するだろうと考えているうちに、意外にも、伝統的な語とは全く対蹠的な「やばい」という語が浮かんで来た。

私がはじめて「やばい」を耳にしたのは、何年か前、ワールド・ベースボール・クラシックで日本が優勝した際、チームをまとめ決勝打を放ったイチローが、インタビューに応えて「やばい」を連発した時である。スリムなイケメンのスター選手と耳慣れない俗語とが不釣合で困惑したのを覚えている。

辞書によると「やばい」は本来一種の隠語で、危険であるとか不都合であるとかいう意という。してみれば、あまりにも嬉しい時や、驚く程うまく物事が運んだ時に、喜びのあまりかえって不安になることのあるのを「やばい」の語がよく代弁し、俗語として通用しているのかと納得する。先日、処分しようとしてたまたま開いた岩波書店のPR誌「図書」二〇〇七年十二月号の『広辞苑』第六版についての座談会記事にも、危険とか不都合の解は述べられていたが、続けて「ところがいまは御馳走なんか出た時も〝やばい〟と言うんです。いい意味でも言うんですよ」（堀井令以知）とあるのが面白い。

いつの間にか「やばい」は、よいこと、嬉しいことを讃える最上級形容詞に昇格したのであろう。そこで、前掲湘子の句などは、困ってしまう程美しくて鑑賞の言葉も出ず、御馳走を前にした時同様「やばい」と言われるのではあるまいか。

しかし、この「やばい」は不都合であり、困る。こうした「やばい」の用いられ方は、「やばい」の本来の意味においてやばい。俗語的流行語の危険は、一種の判断停止の状態のまま、何にでも安易にその語を冠することにある。野球の優勝の当事者が「やばい」と言うのはわかるが、食べ物にまで及ぶのはどうだろう。考え過ぎかも知れないが、芭蕉や蕪村の句を教わった中高生が、判然としないまま、そのよさを「やばい」と言っている様子が浮かんで来て仕方がない。

さて「やばい」と言えば「困る」という本来の意が私には一番強く感じられるので、以下論点を変え、作品に即して最近困る（やばい）のではないかと思ったことを述べてみる。

先日たまたま観たNHKの「俳句王国」は、兼題が鶯、主宰は鷹羽狩行、出演は『超新撰21』（邑書林）（一昨年刊の『新撰21』に続き四十歳代までの二十一人の選集）に登載の作者六名、その兼題句の中から、各三点を得た句を挙げてみる。

鶯 や 湯 は 車 座 に さ め な が ら　　山田耕司

鶯や彼方に重機光りあふ　　青山茂根

鶯という重い伝統の季語がどう詠み込まれるかに興味があったが、この両句に当日の出演者の大方は魅力を感じたらしい。しかし、前句は場の設定が曖昧で、湯が温泉なのか、白湯(さゆ)なのか、車座で湯を呑むのも変だがと気になる。作者は湯気が立たなくなってというように言っていたが——。後句は逆に現代風の重機と古風な鶯との配合が見え過ぎと言えよう。

両句共、作者としても多分不完全燃焼と思えるのだが、紙数も足りないので結論的に述べると、近頃こういうどことなく現代風で即物的な句が、若い作者と限らず一般の句会でも点を集め易くなっているのではあるまいか。はじめに挙げた湘子の春の作の句柄は、句会の場ではかなり異色のものと映るだろう。「やばい」の評に至らないことも考えられる。それは、読み手が、言葉の背後に顕つ情緒を汲みとり得ていないということ、あるいは、言葉と言葉とのあわいに作者の意図をも超えて立ちのぼる詩情を受けとめていないということである。それは、散文的な意味の段階において日常体験にすぐ還元できる句が点を集め易いことに通じ、やばいことの一つではないかと思うのである。もちろん、日常性や境涯性が俳句の大切な要素であることは諾った上での話であるが。なお、やばいことは他にも多々あるが、次の機会にしたい。

終りに、成功作とも思えない作を取沙汰した山田、青山両氏の他の句を『超新撰21』掲載作より紹介しておきたい。

河童忌やわが一髪をなめてみる　　山田耕司
縄梯子垂らして川を晩夏とす
一生にまぶた一枚玉椿

イメージが鮮烈で、言葉に重層性があり、一句一句が存在感ある小世界を提示している。

降下してきし蕣(あさがほ)の一団よ　　青山茂根
麩(はったい)やされどまだ見ぬ地中海

これまた、さわやかなイメージの展開。こうした新鮮な世界が、私共年長者にとって真のやばい存在となることを願う。

（「鷹」二〇一一年四月号）

俳句の力——大震災に思う

白梅や天没地没虚空没　　永田耕衣
寒暁や神の一撃もて明くる　　和田悟朗
倒・裂・破・崩・礫の街寒雀　　友岡子郷

三月十一日午後、私は「鷹」の同人十人程の句会の席にいた。清記を終えて句稿を回し始めた時である。大きい横揺れ、「あ、どこか遠くで強い地震?」と思っていたところへ、突然の烈しい揺れに仰天。句会は続行したが、手許がゆらいで句を書きとめ難い程の状態がしばらく続いた。

一つの証言にもなるかと記したので、ここで止めるが、遠方の方の帰宅は翌日未明になった由。句会場に近い私はすぐ帰宅できたが、七階の住居にはあらゆる物が散乱、殊に、書庫代りの部屋は本の瓦礫様堆積で埋め尽くされた。

本欄のテーマは俳壇の動向等を見渡しているうちに醸成されて来たのだが、時評である以上、今回震災を外すことはできない。非力乍らわが思考のあれこれを書きとめておく。

三月十五日付の朝日新聞では、「東日本大震災」を詠む短歌・俳句を緊急募集している。そこに一句引かれていたのが、冒頭に掲げた耕衣の「白梅」の句である。ということは、被災者の側の作品が求められている訳で、どういう作が寄せられるか、心痛みつつ関心を持たずにはいられない。

ニュースでは「想定外」という言葉が多用されているが、まことに天災は想定外のものだと知らされた。そうして、今更の如くテレビの威力を痛感。三陸海岸他の幾つもの町を津波が襲う様(さま)を記録映画そのままに見せてくれたのである。阪神大震災における天変地異、「倒・裂」等の上に今回は海や水の猛威が加わった。それをいかに俳句によって表現するか、私には、只今のところ、徒手空拳、とても詠めそうにない。

しかし、短詩型は強いと思いたい。殊に、五・七・五のリズムの力は強い。話が逸れるが、俳句にはよく素人と玄人との区別がないと言われる。第二芸術論の論旨の発端もそこにあったと記憶するが、西欧の詩とわが短詩との相違を心得ていたい。西欧の詩人は、時代の思潮を牽引するような思想を言葉にするエリートと考えられるが、わが短詩型の基盤は、日本人一人々々のＤＮＡの中にあると思う。俳句的思考回路やリズム感は、誰しもの体内に蔵されているのである。従って、素人、専門俳人の区別なく、災禍の場にあって、俳句が自己慰藉や救済の役割を果たすことができるのではないか、そうあって欲しいと願われる。阪神大震災時の和田氏、友岡氏の作を更に挙げてみる。

仏壇の転がっている冬日中　和田悟朗
室咲を抱きあてどなき瓦礫中　友岡子郷
いちまいの瓦の上の手向け雛　同

それにしても、津波の災禍には言葉もない。俳句作者としての私のショックは、慣れ親しんで来た歳時記的自然というか、おだやかに調和した自然が一挙に壊滅したことである。しかし、更にしかし、定型やリズムの力とあわせて、季語の力も信じたい。冒頭に掲げた句、廃墟に咲いた清潔な白梅、暁光の美しさ、愛らしい雀という自然を配することによって景が立ち上っている。季語の負う伝統の力、日本人の情感の基盤としての力の大きさに着目する。想定を超えた津波の災禍の中にあっても、人は一輪の梅の花に心やすらぐことがあろう。いろいろな局面における季語の力について考えたい。

ここで少し話の方向が変わるが、たまたま目にとまった文章の一節を紹介しておきたい。

万葉の人たちは情緒で花鳥風月を愛したが、思いを馳せたが、今のわたしたちは情緒どころか生死の問題として花鳥風月を愛し、考えなければならないところにきて

いる。　　　　　　　　　　　　　　　白石かずこ

（「俳句」一九七三年七月号－書庫の雑誌の山の中から拾い上げた一冊の中で見つけたもの。当時も地球上に異変が多く、地震の活断層の話も出ていたらしい。）

特に注釈の要もなかろう。共感して受けとめたい。

さて、ようやく今回の震災を自然の猛威以上のものにしている今一つの問題に移る。人類が築き上げた科学文明の精華の一つと思える原子力発電所が、自然の力の前に崩壊したことである。これは全く新しい形の災害である。人災と自然災害との合併症というべきか。広島への原爆投下以降、チェルノブイリの事故を経て、私は常に原子力の事故を怖れて来たが、思えばこの怖れは人類に共通のものであろう。この新しい顔の災禍に定型や季語はいかに立ち向かうか。今の私はただ事故の終熄を念じつつ、妙なことに〈みちのくに原発燃ゆる蓬かな〉と俳句とも言えない五七五の字句を呟いている。初見以来共鳴している左の句のリズムを踏まえたものだが。

人類に空爆のある雑煮かな　　　　関　悦史

何故蓬かと言えば、チェルノブイリの意が苦蓬（にがよもぎ）であることによる。蓬と苦蓬とでは別種の植物かもしれないけれど。また、蓬は野に一面に低く生え、健気（けなげ）な植物で、人に摘まれ

て草餅になることにもよる。そうして、人は、俳人は、蓬のように強く低く世にあって個の側からの証言者でありたい。

月光の夜ふけをつんと雪に立つ蓬のこゑを聴きし者なし　柏崎驍二

（歌集『百たびの雪』）

つんと立つ蓬は、短詩型の象徴のようにも思える。そうして、その声は俳人の耳には聴こえてくるに違いない。

終りに、こうした欄での失礼をお許し願いつつ、被災地の皆様の御無事と俳句の力による加護をお祈りさせて頂く。

（「鷹」二〇一一年五月号）

汗と情熱——編集者について

汗と紙と万年筆や重信忌　　靖子

いきなり拙句を持ち出し申し訳ないが、昨年の「鷹」十一月号の掲句に対し、幾人かの方から「重信とは誰のことですか」と尋ねられた。高柳重信氏のことで、前衛俳句の雄と言うべきか、多行形式の俳句を独自の詩情をもって書き、併せて「俳句研究」編集長として俳壇に大きな足跡を残した人というように答えたけれど、これまでに重信の名を耳にする機会がなかったとは意外であった。

重信氏の俳句に注いだ愛と情熱、汗と血を思う時、その名が忘れられつつあるとすれば淋しい。その言語芸術として高度の完成を見せている多行形式作品及び山川蟬夫の別号で発表された清冽な一行俳句については、多々論じられており、また、評論、エッセイ類は全集他で全容を知ることができるが、私の力で今それらを簡略に紹介するのは無理なので、ここでは編集者重信の実像を少々紹介してみたい。

私が初めて「俳句研究」に寄稿を求められたのは昭和四十八年、以降断続的に作品や俳誌月評の類の依頼を受けた。締切間際にならないと筆の進まない私は、高柳氏の「急啓」という右肩上りの文字で始まる督促の葉書を受け取ってから書き始め、小田急線代々木上原駅近くの高柳氏宅まで持参したものだ。初めての時は炎暑の最中、見ると氏は諸肌脱ぎの上半身裸で、庭へ向かって開かれた畳の部屋で机の前に坐し、万年筆ともう一方の手の団扇とをしきりに動かしておられる。かたわらで中村苑子夫人が「暑がりで、いつもこうなんですから」と言われた語調が今も耳に残っている。

そうして、その時もまたその後も、どういう訳か原稿持参の都度、少なくとも一時間は氏の前に坐らされることとなった。と言うのは、氏の方から一方的に談論風発、俳句談議や俳壇的話題のあれこれを、全部を充分には理解出来てもいない私に向かって滔々と語り続けられたのである。湘子のことも「湘子君は……」という言い出しでよく話題に上った。

こうした情景はその後高柳邸が荻窪のマンションに移ってからも繰返されたが、違いは冷房が入っていたことと、氏が「この部屋は一日中太陽が射さないんだ」と言っておられた点とである。ところで、万年筆と紙とであるが、私の思い違いでなければ、自身の原稿執筆のみならず、氏は誤記、誤字等の多い原稿は、朱を加えるのが面倒とばかり文章全体を書き直すことが多かったのだと思う。そこで必然的に、一日の大半を深夜まで机の前に坐り筆を動かし続けることとなった。その姿勢が昭和五十八年七月八日早暁、救急車で運ばれるまさにその刻まで続いていたのだろう。

ここまで重信氏の横顔を記して来たのは、その常住坐臥のありように編集者魂の一つの究極を見るように思うからに他ならない。そうして、ようやく肝要のことを記せば、氏の企画編集になる「俳句研究」は、俳句総合誌の一つの理想的典型であったのではあるまいか。「俳句研究」を私は一冊も処分せずにいるが、身辺にある古い号を少し眺めてみると、時宜に叶ったテーマを周到な角度と人選で論じている座談会が内容的にも深く目につくし、資料的なものとして面白いのは、老大家から中堅に及ぶ多くの俳人の各人一冊の特集が組まれていることである。他に今も話題にされ続けている五十句競作とそれを通じての若手の育成や若い論客の重用等々。そうした流れの中で、人材を発見し育てるという重信氏の志に最もよく応えた一人が飯島晴子であろう。重信氏は俳句という器の未来に向かって旅立つ人達の港であると共に、時々は休息し力を溜めようとする人達にとってのふところの大きい港でもあったろう。それが編集者の本然の姿と思う。

「俳句研究」の内容面について更に言えば、最も特徴的なのは啓蒙的な編集を一切しなかったことである。グラビア頁もなければ、たとえば、花の句の作り方、好きな夏の句、吟行地の紹介等々今日の大方の総合誌に見られるような記事はない。８ポ活字による四頁か六頁の論考だけの続く各冊がすっきりとし、すがすがしい知の風景という印象である。

こういう感想は時代錯誤であろうか。印刷技術も多様化し情報化の叫ばれる今日、文字ばかりの地味な誌面など論外なのかも知れないが、少なくとも強調したいのは、読者に迎合してはならないこと。その見地から少し話の逸れる一例を挙げてみる。俳誌に限らず新聞等においても、リニューアルの度に活字が大きくなるのは何故だろう。高齢者への親切だろうが、親切と迎合は裏腹である。文字が読みにくくなったら、眼鏡を変えるとか、医院へ行くとか、能動的なことを考えてもよかろう。先回りの親切が真の親切かどうか。まして、文学であり詩である俳句は孤としての創作である。啓蒙的な授受で終るものではあるまい。文章の少ないヴィジュアルな俳誌の誌面を眺めていると、このような感想が湧いてならない。

総合誌でも結社誌でも大概真先に読み、そうして面白いのは編集後記である。そこには俳誌の体質が現れているからだが、とは言え、近来編集雑事の報告にとどまるだけのようなものが増えた。後記は編集者の何らかの矜持と情熱の発露であって欲しく、そのことは会員の作句エネルギーと安心感とにつながると思う。編集についてはまだ語り尽くせないけれど、若い世代による新しい波の登場の感じられる今日、大局的見地に立ち、読者に媚びず、編集者としての情熱と識見を持つ人材を待望してやまない。（「鷹」二〇一一年六月号）

雪霏霏と――俳句の基盤

紅梅に白雪霏霏と野の始まり　金子兜太

（「俳句」二〇一一年四月号）

兜太作らしい覇気と雄々しい抒情性に、色彩感の加わった美しい句。季重なりなど気にならず、下五六音も生き生きとしていて魅了される。初見はテレビの俳句番組においてで、兜太氏が主宰、題はたしか「出発」というもので、「野の始まり」がその意を受けているのだろう。

さて、今回話題にしたいのが、またまた言葉の問題。出演者五名のうち幾人かは「霏霏」の意を知らなかった。常用漢字でないのだから当然かも知れないが、「雪霏霏と」という表現が今や通じなくなっているのには驚いた。私達の世代の初学時、というのは三、四十年前には「雪霏霏と」は常套句、慣用句の最たるもので、この五音を上五に置くなど論外のことであった。辞書には、雪や雨が降りしきるさまや、細かなものが飛び散るさまとあり、やさしく表現すれば〈雪はしづかにゆたかにはやし屍室　波郷〉という具合の語である。

ともあれ、日本の雪はもう「霏霏」とは降らなくなったのだ。豪雪という語をよく耳にするが、雪ははげしく降ってももはやしずかにしんしんとは降らないのではないか。もちろん、自然現象としての雪の降り方に今昔の差はない。しかし、自然は言葉によって人間世界と相互関係に立つ。言葉によって認識されて初めて眼前の景が茫洋としたものから確たる存在に転じる。その観点から、「霏霏」の語が私達の認識の枠外へ消えたのは全くの驚きであり、淋しさ極まりない。歳時記に例句が一番多いのが確か雪である。その雪に対する情感が今や変わって来ていることを、この語の消滅が証（あかし）しているとも考えられる。そうしてまた、これは雪だけにとどまるまい。春雨、梅雨、夕立、時雨などに対してにしろ、古典和歌までさかのぼらないまでも、子規、虚子以来一世紀を超えて短詩型の基盤であった情感というか、自然感受力が衰えて来ているのではないか。少なくとも何らかの衰弱方向への変容が起こっているのではないかと思えてならない。

ここで話題を変える。先日私は、水谷静夫著『曲り角の日本語』という岩波新書をその標題と「その言い方とかってやばくない？」という帯文とに魅かれて購入した。その一節をまず写し、それを枕に日頃の私の思いを書きとめてみる。

昭和三十九年（略）東京女子大学に移りました。その時の学生に接してまず驚いたのは、およそ国文学科やら日本文学科の学生だったら、上手下手にかかわらず、和歌や俳句はまねごとぐらいできると思っていましたが、まるっきりできないのです。今のことではありません。四十五年も前の話です。

昭和三十九年は「鷹」創刊の年。この女子学生達より私は十余年年長だが、それでも内心忸怩たるものがある。腰折の一首や一句、多少国文の素養があれば、私達の祖父母か父母の世代までは充分詠めただろうが、一旦詠む習慣がなくなると、もう加速度的に不可能となってしまうのであろう。

この十数年来、初心者向き講座の添削や、たまに地方の公募俳句大会の選をしていて、何とも困惑するのは、俳句の体(てい)を成さぬ作品の多さである。俳句と言えば、その韻律、内容の切り取り等々に、誰に教わるでもなく暗黙のうちに了解できている領域が少なくとも五十年前位まではあったのではないか。それは日本人としての文化遺産的了解事項であったはず。それがいつしか徐々に失われ、詩因の了解し難い句や文脈が通らず意味不明の句が量産されることになってしまった。なお、これは一般の初心者をおとしめているわけではなく、また個々人の修練度や能力の問題でもなく、俳壇全体に、ひいては日本語全体に、五七五の韻律感が薄くなって来ていることに由来するだろう。半世紀前頃までは、大方の人々の心底に横たわっていた韻律感、その暗黙の了解基盤がいつの間にか弱くなったか、機能し難くなったかしたのだろう。

「鷹」の中のことに話を移すと、中央例会に投じられる作品などは、韻律に沿って意味がしっかり流れていて、いろいろな大会の公募作品とはレベルが違う。それは結社の力であり、結社故の相互研鑽が伝統の力を保持しているのである。ただ、最近一つ気になったのは、星辰賞応募作品に文脈が辿れず意味の解し難い句を散見したことであり、これも時流の一つというところだろうか。星辰賞の前身である春秋賞においては見られなかったことである。

主としてテレビ番組などで目にすることだが、言葉を思いつくままに五七五の音数に合わせて並べ俳句として差し出すのは、正当な俳句の側としては困る。正当という言い方が適切か否かは別として、何より困るのは、一般の読み手が、俳句をそういうものだと考えて、切れや省略や二物衝撃による断絶のある真正の句を読めなくなるからである。散文的な意味を取るだけで、言葉と言葉との間の論理では割り切れない間(あわい)の感覚は読みとれまい。そういう感覚自体がもはや失われつつあるのかも知れないけれど。また、私見だが、近時自分を見つめる内省の度が薄れているようで、そのことと言葉の衰弱との間に相互関係があるのではないか。言葉で自己省察するより、受身で情報に対する方が有意義なのだろう。

言葉や俳句の行方について、前掲水谷氏著作の他の部分、元「俳句」編集長鈴木豊一氏の新著『俳句編集ノート』（石榴舎）、群像新人文学賞の彌榮浩樹氏の論考「1％の俳句――一挙性・露呈性・写生」など触れたい著作目白押しだが、別の機会にしたい。

（「鷹」二〇一一年七月号）

▼星晨賞は、随時募集される新作二十句による「鷹」内部の競詠である。

全て見ゆ——新しい老境の詩

からすみ酢年とつてから長生きす　八田木枯
存らふは舟より野火を見るごとし
半仙戯薄氣味わろき齢なる
死なない老人朝顔のうごき咲

先頃、小野市詩歌文学賞を受賞した八田木枯句集『鏡騒』（ふらんす堂）を披く（耳慣れない賞だと思ったが、兵庫県小野市が同地出身の歌人、上田三四二を記念して設けた賞とのこと）。昨秋刊行の本句集は、各紙誌の書評欄で大方の称揚を得て来ており、今更新しい見解を述べることも出来まいが、こうしてたまたま掲げた句を見ているだけでも迫って来る魅力は何だろう。テーマは八十歳を迎えて以降の老いだが、木枯氏より数年遅れで老境を進んで行くことになる私には、これらの句の表情が見過ごしにできない痛烈なものとして映る。

在来の老境俳句に多く見られる諦念や悟り、また軽みなど、表舞台を降りた姿勢とは違い、老いを直視した深い哀しみがかすかな居直りとなり、諧謔味を伴って表現されている。加えて、修辞のうまさ、言葉の斡旋のうまさが格別である。しかも、詞芸に心がぴたりと寄りそっている。言葉が先行するのでもなく、心を言葉に託すのでもなく、かりに、心と言葉一如の自照の詩とでも呼ぼうか。日常報告的俳句の氾濫ぶりを思う時、自らの老いを客観的に叙してあるその俳諧精神に感興を覚えずにはいられない。

暑に籠り机にふれてゆききせる
金魚死に幾日か過ぎさらに過ぎ
漫かな松風もまた麨も
夏掛けの端は畳のうへにあり

夏の日常生活句を挙げてみた。景と情の切り取りの過不足のなさや、取合せの意外性が面白い。風流な松風と庶民的な麨とを並べるとは達意の技である。また、夏掛けの句には青年期に誓子に師事したという「天狼」の面影を見る。

さて、「ホトトギス」に発する木枯氏の俳歴までは、今はとても論評できないので、本句集の老い以外の他のテーマに少し触れておくことにする。その筆頭は戦争である。

戰争が來ぬうち雛を仕舞ひませう

戰争にゆく玉葱を道連れに

一見さりげなく軽妙である故にかえって重たく深い。続いては、初期より一貫して詠まれている父母の句。

父や若しおもてあげれば野火の色

亡き母が蒲團を敷いてから歸る

父の句と言えば、寺山修司が短歌の下敷きにした〈外套のままの假寝に父の靈〉という「天狼」時代の作が著名だし、母の句には『於母影帖』なる句集がある。

ぼうたんの崩るるときや全て見ゆ

テーマを語り出すときりがないのでここまでとするが、掲句「全て見ゆ」と言い切る俳人魂に打たれる。眺める程に怖しい句ではないか。この境（さかい）の一端にでもつながっていたい。

初夢の向うから来る我に逢ふ　　黒田杏子

いづこよりいづこへ花びらの過客
日の出待つ露草のこの一輪と
鮎落ちて往還をゆく人もなし

続いては、蛇笏賞受賞句集『日光月光』（角川学芸出版）を読む。黒田氏は昨年はその作品及び俳壇的諸活動により桂信子賞を受賞、今日最も活躍し実績を挙げている女性俳人の一人と言える。

本集は六年間の句の集成が一頁三句に組まれた大冊だが、その重量感と等価の作品の重みないしは俳人としての器量の大きさが伝わって来る。ただ、一見無技巧と思われかねない自在さに途惑う読み手があるかも知れない。多くは挙げられないが、〈起きて寝て食べて死ぬ極月遍路〉〈ふたりしてひとつ年とる切炬燵〉〈ほろほろと酔うて机にお元日〉と読んで行くと、日常を時系列に従って詠み連らねたかに見えるけれども、リズム感豊かな独自の文体が内容と合致し、大らかな作品世界を形成している。黒田氏その人と合体した作品世界の真実が見えてすがすがしい。そうした中から、はじめに掲げたような深沈とした詩が形成される。

ところで、黒田作品のテーマには、木枯作品と共通するものが多い。黒田氏は私より数年若いが、まず老いについて。

　ほたる待つほとほと老いてゆく時間

続いては、本句集の主テーマと言える父母兄上追悼句。

　初夢のまた兄に逢ふうれしさよ

　狐火の山裾をゆく列に父

　遠山のさくら母在すごと白し

追悼句が多いのは辛いが、挨拶句は黒田作品の本領と言えるもの。哀しくも氏の真実が最も発揮されている。

　曝書して官製はがき石垣りん

　盆の月樺美智子の母のこと

氏のエッセイ集でかねてより知っていた『チボー家の人々』を巡る逸話や『証言・昭和の俳句』にも触れたいが、今回はごく私的な思い出を記して終ることとする。氏が現代俳句女流賞を受けられた翌年、拙句集『眞晝』が同じ賞を受けた際、氏より大きな青いアネモネの花束を頂いた。その繊細な花は玄関先で十日以上も咲き続け、あまりにも美しかったので、妹が描いたスケッチが残っている。その花の青は今も眼裏に生きており、黒田氏と私とをつなぐよすがとも、氏の真率な俳人生の象徴とも思えてくるのである。

（「鷹」二〇一一年八月号）

［追記］

黒田氏は、中学三年の時、兄上の読まれていた『チボー家の人々』に接して感激。中でも、主人公の一人、反戦活動の途上に没したジャックに共鳴して、訳者、山内義雄氏に著者、マルタン・デュ・ガールの住所を尋ね、英文の手紙を出したところ、著者より絵はがきとクリスマス・カードが届いたという。（このことは、本句集の「あとがき」にも詳述されている。）

このエピソードは、黒田氏の何事に対しても開かれた、真摯で一貫した姿勢と積極性とをよく表しているように思うのである。

現代俳句女流賞とは、月刊女性誌「ミセス」（文化出版局刊）が設けた女流三賞と言われるものの一つで、選者は飯田龍太、鈴木真砂女、野澤節子、細見綾子、森澄雄の各氏（他に、詩、短歌部門）。

昭和五十一年、詩歌面での女性の活躍を更に充実させることを目ざして創設、同六十三年第十三回まで続いた。新人賞とか功労賞的なものではなく、新進、中堅を問わず、その年の注目すべき句集が選ばれた。受賞者にとってだけでなく、俳壇の動きを知る上でも大切かと思うので、以下、受賞者と句集とを挙げておく。

第1回　桂　信子『新緑』　　第2回　鷲谷七菜子『花寂び』
第3回　神尾久美子『桐の木』　　第4回　中村苑子『中村苑子句集』
第5回　大橋敦子『勾玉』　　第6回　黒田杏子『木の椅子』
第7回　永島靖子『眞晝』　　第8回　岡本　眸『母系』
第9回　佐野美智『棹歌』　　第10回　齋藤梅子『藍甕』
第11回　角川照子『花行脚』　　第12回　山本洋子『木の花』
第13回　永方裕子『麗日』

大震災余響——俳句と短歌

実のところ大変恥ずかしいのだが、話を進め易くするために、まず、短歌まがいの拙作を挙げる。

窓よぎる蝶よ小鳥よときどきは私の小さき怒りの的よ　　靖子
Pont neuf（ポンヌフ）を渡る孤独と一杯の赤葡萄酒と釣合ひてをり

年に三、四回某歌会に出る機会があり、手ぶらではつまらないので、こうした三十一文字を並べる。この時の前者は自由題、後者の歌題は「酒」で、共に事前出詠であった。四月中旬のこととて、出席の途次、ケータイの地震警報が一斉に鳴るような日であったが、拙作に対する評語につと虚を衝かれるものがあったので記してみる。「いま短歌を作るとなると、どうしても震災を思ってしまうのだが、これは全く平常時と変わらぬ個人的な小さな思いだけに執しているのが珍しい」と言った趣旨であった。当日の出詠作から一首挙げてみよう。決定稿ではないだろうから作者名は略す。

生きてゐる人だけがテレビでしやべつてる時をり宙に目を泳がせて

ともあれ、この歌会の時点まで震災を短詩型で詠むということは、ほとんど私の念頭になかった。五月号の本時評において、災害地にあっての俳句の力に希望を託したけれども。テレビに流れる津波の有様は、とても五七五に凝縮して書きとめ得るものではないし、また、現場に身を置かずに間接的に景を叙したり思いを述べたりするのは、現地の人々に対して非礼になると思って来たのだが、たしかに、小市民的情感の詠出にのみ心を尽くすのは後めたいことではある。そこで、世上取沙汰されている長谷川櫂著『震災歌集』（中央公論新社）を手にしてみた。震災後十二日間、俳句ではなく「荒々しいリズムで次々に湧きあがった」（あとがき）という短歌の記録である。一首目を引く。

津波とは波かとばかり思ひしがさにあらず横ざまにたけりくるふ瀑布　長谷川　櫂

下句字余りの破調だが、よく巨大な津波を韻律に載せて捉えてある。思うに、俳句にはならなかったが、長年にわたり長谷川氏と一心同体となっている五七五のリズムが、恐しい映像を前に言葉（短歌）となってほとばしり出たのだろう。極論かも知れないが、私のささやかな試みでも、咄嗟の場合、長い短歌の方が短い俳句よりも早く書ける。俳句では述べることを控えてイメージを先行させる。あるいは、イメージと言葉が同時に発生したり、イメージに一瞬先行して言葉が出現する。実際叙述をこととする短歌は二、三十分で一応書けても、執心のテーマを俳句にするには数年または一生を要することさえある。そこで、思うに長谷川氏の心を俳句ではなく咄嗟に短歌の叙述的リズムが貫いたのだろう。また、氏が古今集仮名序の真意を讃え、日本人の五七五短詩型のＤＮＡに言及している点にも全く共感できる。

波に乗り大和島根は山眠る　　長谷川　櫂

日本列島を俯瞰したような大きな景、何年か前のこの作のおだやかな波が変容した津波。富士や松島等を詠んで来た静穏な句の延長上には震災の句は成立し得なかったのではあるまいか。なお、ここで自然と短詩との関係について、細谷亮太氏（俳号、喨々）の興味深い見解を紹介しておこう。

日本の短詩は自然と人間が混然一体となった感覚的生産物とでも言うべきものであり（中略）ひどい目にあった者同志として山も川も草木も鳥獣も人間も、悲しみの中で自然の現象と折り合いをつけていく過程で、また沢山のすぐれた俳句も詠まれるはずである。

（「ミセス」八月号）

終りに、歌集中より詩情のありように感動した一首を引く。

嘆き疲れ人々眠る暁に地に降り立ちてたたずむ者あり　長谷川　櫂

幻想へ一歩踏み込んでいるのが珍しい。長谷川氏の句境に今回の力作短歌が新しい何かを加えるであろうか。

紙数が尽きたが、震災の現地で力をこめて作句している高野ムツオ氏の軽舟主宰も称揚した作を読んでみる。

膨れ這い捲れ攫えり大津波　高野ムツオ（「俳句」五月号）

人呑みし泥の光や蘆の角

鬼哭とは人が泣くこと夜の梅

一句目、長谷川氏の津波の一首と並べて見る時、優劣の問題でなく臨場感の違いがわかる。切迫したリズムは現場のもの。そうして、短歌と俳句の叙法の差がくっきりと見える。危急の状景も、短歌はリズム豊かに第三者の立位置で叙する。二句目、三句目には悲痛さと照応する季語の力を見たい。

囀の円光死者も入り来よ　　高野ムツオ

この悲しい祈りも心に沁みる。高野氏は短歌的叙述の域を通過する必要なく、一気に俳句を自然人間一如の悲しみの詩に仕立てている。作者自身の魂も多くの亡き人々の魂も、一句々々が鎮めて行くことが願われる。

話が変わるが、震災詠については長いスパンで考えたい。たとえば、第二次大戦についてなお勝れた文学が生まれ、九十九歳の新藤兼人監督がいま戦争体験を映画化しているように。原発事故の問題も、こののち広く深く長く詠み続けたい。そこで、ずっと気になっている一首を挙げる。

さみだれにみだるるみどり原子力發電所は首都の中心に置け　　塚本邦雄

（歌集『魔王』）

二十年前の一九九二年の詠。歌のもつ先見性、予言性を思わずにはいられない。『魔王』には渾身の反戦詠が多く見られるが、この一首、塚本個人の力の上に歌の力が恩寵のように働いたのだと思う。詩歌の力の大きさを信じて行きたい。

（「鷹」二〇一一年九月号）

［追記］

ここに述べた歌会は、塚本邦雄創刊歌誌「玲瓏」（発行人　塚本青史）が、季節毎に東京で開いている歌会である。同誌に短歌作品を発表することはしていないが、私的な記録としてこれまでの出詠作中の少々を記させて頂く。もとより、私的なつぶやきに過ぎないもの、ふと思い至ってのこと、お許し願いたい。

靖　子

重ねある和紙百枚の薄浅葱ヒマラヤを鶴越ゆる頃ほひ

花野にて母抱きしことひたすらに哀しかりしが淡くなりしか

後の月　わが身のうちに白銀の鹹湖たわたわ波打ちやまず

てのひらに椿一輪重たきよ八十路一歩にをののきてをり

ほたほたと蛇（くちなは）に肩叩かるる詩歌の道のはるけきものを

幾重にもたたみスカーフ一枚を死出の旅路の花冠とせむか

素数奇数はた偶数を口にして独りあるこそ尊かりける

吊し雛川のほとりに買ひしこと甘やかにしも思ひつつ寝む

春夏秋冬時めぐり時めぐりつつ双手は雨を記憶するらむ

作品と実体験と――日録風に

○月○日　テレビのアナログ放送が終り、一斉にデジタル化されて、耳障りでならなかった言葉〝地デジ〟が一まず身辺から消えほっとしている。地デジの正確な呼称を私は知らないけれど、地上デジタル放送とでも称するのだろうか。この三音の略語の響きの悪さには我慢ならないものがあった。

テレビ用語、特に略語には、反撥するのも嫌な程腹の立つものが多いので、二例だけ挙げる。一つは教育テレビがEテレとなったこと、今一つは〝朝ドラ〟の次の時間帯の情報番組が〝あさイチ〟と称すること（朝一番ということか、朝市（あさいち）なのか）。かたかなまじりの短縮語は無神経だし、視聴者の日本語感覚を駄目にするものではあるまいか。

○月○日　テレビに俳句番組が多いのは嬉しいが、その一つ、句会形式の番組を観ていたところ、新しく意外なやり方が加わっていた。各自二句選だが、披講に当たって（披講という用語は使われない）一句目、二句目と冠して読むのである。俳句に慣れない視聴者を思ってのサービスだろうが、そのような披講が広まってよいわけはない。句会の正しい作法を知らせるのこそがサービスであろう（参加者の一人、佐藤文香氏が、二句目の始めに「次に」とだけ言ったのに共感）。また、〝珠ことば〟なるコーナーが出来たので、何のことかと思ったら、季語の紹介である。それならば、子供っぽい題はやめて「秋の季語」とか「美しい季語」で充分ではないか。

○月○日　身辺にいつしか山積みになってしまう総合誌や寄贈頂く結社誌、同人誌をできる限り丁寧に読む。この三、四か月どの雑誌も何らかの形で東日本大震災に触れているが、その中で一番生き生き々と感じられるのは、不謹慎だったらお許し願うとして、地震発生時の個々人の体験談である。新幹線の車中、電車の中、駅のホーム、食堂で会食中、会議中、句会の最中等々。自宅の場合は本の散乱の様子を誰もが記す。外出中の人は、帰宅苦心談をつぶさに綴る（もちろん、津波の被害に会われた方、原発事故で避難の方等の痛切な報告にも接し心打たれたが）。そこでは事実と作者が等身大、作者日頃の俳句作品にも増して作者の実像が手にとるように浮かぶ。フィクションも修飾も入らない事実の重みを知らされた。創作者の立場としては少々くやしくはあるが。

○月○日　災害をテレビや写真で見て詠むことと、災害の実体験を詠むこととは全く次元の異なる創作態度だろう。

暗き青葉にポスト漂着かしくかしく　榊原伊美

主宰推薦作なので恐縮だが、何とも鮮かな、現地でなければ詠めない作。この多分赤く丸いポストには、屋根の上まで津波で運ばれた漁船に匹敵する実在感と愛らしいあわれがある。ポストの中の郵便物は、後日篤実な局員によって配達されたことだろう。

○月○日　昨年来机辺にあって気になっていた小原啄葉句集『不動』を開く。再読、三読くらいは既にしているのだが、「岩手宮城内陸地震二十八句」と前書した作には次のような句が並ぶ。事実が書かせた必然の句姿に打たれる。

炎熱の土砂をくづして掘る位牌　小原啄葉

逆縁の死者に水着の跡見ゆる

また、チリ大地震津波の句も見える。

年寄を荷のごと運ぶ斑雪山

○月○日　句集を上梓すると、折おり種々の結社誌に評が載ることがあり、有難い参考になるが、昨年目にしたある誌の評が忘れ難く心にかかっている。それは俳句作品の読みにかかわることであり、実体験と創作意図との関係の機微についてのことでもある。

薔薇の字を百たび書きぬ薔薇の季(とき)　靖子

作者の心根にあるのは、薔薇好きの思いとなかんずく薔薇という文字の美しさに寄せる愛情である。常用漢字でないために〝バラ〟や〝ばら〟と書かれることへの嫌悪とくやしさを精一杯書きとどめたく、百度書くという架空の抵抗行為を案出した。ところが、評者にはそうした作者の心情は全く想像外のことだったらしく〝この作者は四十年程の作句歴があるらしいから、たしかに年に二、三句薔薇を詠むとして百回は薔薇の字を書いていることになる〟という意の鑑賞がなされていて驚いてしまった。薔薇の字を百書くと記せば、まず非日常のこと、大きく言えば詩的真実、少なくとも空想と考えるのが当然と作者としては思って来た。

薔薇にとどまらず、美しい漢字の花の名がすべてカナ書きされていることへの抵抗感など、もはや消滅したのだろうか。

要するに、表(おもて)に書かれていることには必ずそれと全く同じ現実があるという読みが一般的であることを知らされたのであった。作品イクォール日常の事実であるとする読みがいかに横行していることか。震災当事者の実体験に基づく秀作に対するに、この拙作では申し訳なくはあるが、俳句における実と虚のありようはもっと啓蒙されるべき問題であろう。

○月○日　近くの善福寺池畔にある小さなホールで開催の「伊藤比呂美についてのシンポジウムとリーディング」の会へ出掛ける。伊藤作品についての知識はほとんどなかったのだが、詩人本人のトークと朗読も含めて、近来稀な刺戟的で興味深い集いだった。現下の詩のありようについて、いろいろ考えさせられた。参加者の大方は比呂美氏より若い。パネラーの一人、二十歳の女性詩人の的確な発言、朗読の声の若さが殊に印象に残り、久々に日本語の未来、詩の将来に希望を感じつつ、夕風に吹かれて甘やかな感傷的気分になっていた。

（「鷹」二〇一一年十月号）

［追記］

漂着したポストの中の郵便物は、その後伊美氏に尋ねたところ、無事に、遅くなって申し訳ない旨の付箋を付けて、伊美さん宅にも届いたそうである。

教わるのでなく考える

私のテレビ視聴時間はそれ程多くない筈だが、またまた、テレビを観ていて、書かずにはいられない事例に遭遇した。あるインタビュー番組でのこと、話題が朗読の大切さに及び、例文として戦前の旧漢字旧仮名の短文が提示されたところ、NHKのアナウンサーは「地圖」の圖が読めなかったのである。上に「地」とあれば「地図」と自然に読めるだろうと思うのは、私が高齢だからか。なぜか妙で、たとえばの話、古い洋館の銅製の表札に刻まれた「圖書館」という文字の前で、アナウンサーが頭をかしげている図が浮かんで来た。

このところ、またこれまでも、俳句における新・旧仮名遣の問題はよく論じられて来たが、旧漢字（正字?）について語られることはほとんどなく、それは作者の恣意に委ねられて来た。私の経験を言えば、おおよその漢字は旧字でも抵抗なく読めるが、書くのは難しいというところで、その辺がごく常識的な線と思って来た。そこへ、言葉を職業とする人が比較的平易な「圖」を読めないというのだから驚いた。これを言葉は生き物で時々刻々変わっているのだから仕方がないと考えるか、日本語の衰弱の一つの現れと見るかということであろう。少なくとも、新漢字、旧漢字については、考えてみるべき問題点が種々あるのではないかと思う。

世上、旧漢字使用の句集はかなり出版されている。それは単純に趣味嗜好の問題かと思って来たけれど、上述のような世情を考える時、それなりの志や覚悟が感じられて拍手を贈りたい。手許にある近刊句集より任意に引いてみる。

鹽垂るや噫きさらぎの望の月　島田牙城（『誤植』）
戰ぐもの戰ぎて秋に入らむとす
こらへても沙はつか吐く貝の戀　中原道夫（『天鼠』）
鳥瞰圖冬日小さく折りたたむ
亡國論かまびすしき晝心太　閒村俊一（『鶴の鬱』）
またしても辯證法的秋の暮

ここで時評本来の姿勢に戻るとして、最近の大きいニュースは「俳句研究」の休刊である。客観的な論評は一応措いて、とにかくさびしい。特に身に沁みたのは、払込済の購読料が現金書留で戻って来たこと。初めての経験で心が沈んでしまった。創刊以来の「俳句研究」の歴史に思いを至すのはもとより、俳句作者一人々々が「俳句研究」とは何らかの経験でつながっているはず。まずは刊行期日近くにメール便を心待ちにすることもなくなった。月刊の頃より愛読して来た連載や始まったばかりのエッセイはどうなるのだろう。軽舟主宰の分は一回分が残り、高柳編集長の連載はまだ三回目である。

俳句総合誌は「俳句」をはじめ数種あり、それぞれ毎号苦心の編集がなされているが、不特定多数の読者を対象に、入門的色調を帯びる頁が目についてならない。「俳句研究」はその点「研究」という誌名と往昔の高柳重信編集長の姿勢が伝統となっている故か、啓蒙よりも比較的論考に比重がかかっていたように思われ、今回の休刊によってその流れの絶たれるのが惜しい。俳句人口は短歌や詩の人口に比べて相当多いのになぜ「俳句研究」の需要が少ないのか不思議である。

素人の眼で書店の雑誌の棚を見渡すと、「短歌研究」他興味深い特集を組む短歌総合誌があるし、また、読者数はかなり限られるのではないかと思う「現代詩手帖」他の詩誌も毎号特集を立ててコンスタントに発刊されている。そうした中で「現代詩手帖」の昨年六月号「特集――短詩型新時代――詩はどこに向かうのか」は、俳人にとって時宜を得た興味深いものであり、本来こうした特集こそ俳句総合誌で行って欲しいと願ったものである。

要は、俳句について教える総合誌でなく、俳句について論じる総合誌であって欲しい。また、読者の側では、俳句をただ受身の姿勢で教わるのではなく、俳句のありようについいて主体的に考える姿勢を持つようでありたい。考えてみるに、これはごく当然のことであろうに、そうした視点の雑誌が刊行され難いのは、繰り返すが、俳壇の不思議である。

余談を一つ付言すると、「現代詩手帖」のこの九月号は、伊藤比呂美特集で、先月私が本時評に書いたシンポジウムの全発言が収載されている。二時間にわたる発言の熱気が8ポ位の三段組十七頁の誌面に流れ、俳誌ではあまり見られないこととて、それだけでも嬉しい。また、その発言に注目したと記した二十歳の女流詩人とは文月悠光氏である。

折しも、今手許に買って来たばかりの「ユリイカ」十月号「特集――現代俳句の新しい波」がある。「ユリイカ」が芭蕉や蕪村を特集した記憶はあるが、現代俳句を取り上げたのは珍しい。それも、若手俳人を中心とした特集となっている。これから心して、じっくりと読み進めたい。

考えてみると、詩の世界あるいは詩壇と言ってよいかどうかには、折々に俳句詩型に目を向ける傾向があるようだ。二十年程前、定型について詩壇でいろいろ論じられたのを思い出す。折に触れ注目を浴びる定型詩俳句であるが、当の俳人の側からの反応はどうか、今一つ弱いのではあるまいか。注目を浴びる若い俳人だけでなく、俳歴の長い俳人も、その経験の上に立って俳句について考え、論じたいものである。

なお、終りになったが、今日積極的に誌面を論考で埋めているのは同人誌である。少しだけ挙げると「豈」の先年の攝津幸彦特集、今年の相馬遷子研究誌、「里」「円錐」「鬣」「草藏」等の諸論。その中でユニークなのが「鬣 TATEGAMI 俳句賞」、「草藏」の玉城徹論。また「里」の「中西其十」に関する諸論は地味ながら貴重だ。いずれも総合誌で多くの眼に触れさせたい仕事である。なお、「草藏」では表3に載る写真を愛好している。珍しい所では、ヘルダールリン塔（テュービンゲン）、ジェイムズ・ジョイス像（トリエステ）等が眼裏に灼きついている。

（「鷹」二〇一一年十一月号）

［追記］

旧字体の漢字使用を俳句作品のみならず、散文においても貫いておられる島田牙城氏に、その理由を、何かのパーティーでお会いした時尋ねたことがある。「なぜ旧字なのですか」という不躾な質問に、まずは「旧字ではなく正字と言って欲しい」という返答があり、続いて「漢字の歴史的な正しさは、正字体によって守られているはずだから……」という趣旨の返事があったと思う。以来、私は氏を信用して旧字を正字と呼ぶことにしている。その後「里」誌のどこかで、一般に用いられている「独壇場」を誤りとし「獨擅場」が正しいと言われていたことにも同感。共鳴している。

続いて、最近接した正字体についての面白い場面を一つ紹介させて頂く。

一昨年（二〇一七）より刊行が始まった『文庫版　塚本邦雄全歌集』（全八巻、既刊全集未収録の作品や新発見の初期作品を含む、短歌研究社）を記念して先頃トークイベントが持たれたが、そのゲストの一人、歌人の黒瀬珂瀾氏が、中高時代に塚本邦雄歌集を手にした際、その正漢字が難しく、正字と新字との克明な対照表を作って読み進め、今もそれが手許にあると語られた。これにはびっくり。私は塚本短歌は今も昔も、正字、新字等意識することなく自然に読むことが出来、正字に対する殊更な感慨は湧かない。

要するにこれは世代的な差であろう。新字への移行時期が二十歳代に当り、正字・新字の両方がほぼ同量に体内にあるからであろう（とは言え、漱石・鷗外、下って芥川等の漢字語彙には、私にも難しいものが多い）。

なお、正字を書くのは私も一苦労なのだが、塚本氏は日頃「新字はいちいち変な略し方があり、統一感もなくて難しい。私にとっては身についている旧字で書く方が易しい」と述べておられた。氏独特の韜晦ぶりの窺われる発言ではある。「何ですか、驛辨の弁も、辯護士の弁も、『ムサ』と書くとは」等と口角泡を飛ばして述べておられたのを思い出す。

以上、つまり正漢字に対する三種類の態度があり、今や第一の姿勢が多数派となっているのだろう。正字と新字とを対照して記す昔の英単語帖のようなものが必要なのではないかと思ってみたりしている。

結社の力と俳句する思い

去る八月、今年も俳句甲子園が熱気に包まれて開催されたようで、新聞、雑誌、テレビで一部紹介された作品の中から目に止まった句を挙げてみる。

a　未来もう来ているのかも蝸牛　菅　千華子（厚木東高校）
b　ヒロシマを語りつぐ意味かたつむり　米田千紘（広島高校）
c　絵団扇の紺を振りたる別れかな　宇野究人（開成高校）
d　被災地の涙乾かす団扇風　石岡美穂（柴田女子高校）
e　夏祭坂に灯の沿ひにけり　青木　智（開成高校）
f　夕立坂窓に自分がよく映る　伊藤聡美（松山東高校）

aは個人最優秀賞作品。二十一世紀に入ってはや十余年、私達を取り巻いている豊饒と不毛の入り混じった不安定な情況をよく突いていよう。対してbは二十世紀最大の惨禍を痛切に詠み、「意味」の語が若い高校生の志を告げる。dは団扇という古風な小道具で時事句を作ったのが手柄で、涙のリアリティに心打たれる。それに対し、cの古典的な美しさでは抗するのが難かしかろう。

それにしても、優勝校開成高校の作品は、二年前にも本欄で述べた通り、俳句表現の骨法がよく心得られていて間然する所がない。たとえば、c、eの作品が「鷹」の句会に投じられても、遜色なく点を集めるだろう。ただ、対立校の作品fの若さを私は見過ごせない。「夕立坂」という窮屈な言い方がほほえましく、作者が明きらかに坂を歩いているのがわかる。「自分をさらけだすことで新しい自分になる達成感」と言う作者の弁に共鳴するし、審査員の一人、髙柳克弘の「よく」が個性的で、世代特有の自我の現れとする講評にも讃同する。

さて、高校生作品について長々と述べたのは、彼等の活躍に二十一世紀以降の俳句に対する希望を見出だせるように思うし、またそう願うからである。この二年間時評を担当して痛切に感じたのは、日本語自体の衰弱を主因とする俳句表現の弱体化が進行しているのではないかということであった。それに並行して、俳句作者の老齢化や結社誌の弱体化も起こっているのだが、二十一世紀生まれの若者が修練次第でこれだけ力の満ちた佳作を書き得ることは明るい希望である。

話が変わるが、このところ私は鈴木豊一著『俳句編集ノート』（石榴舎）をよく開いている。著者は長く角川書店に在職、昭和五十年代「俳句」編集長を務め、最近まで俳句関連の出版に尽力した。同書収録の「俳句」の編集後記より少し引く。

この三十年、俳句人口もまた未曽有の〝高度成長〟をとげた。だが、詩の衰弱は依然として恢復のきざしがない。俳句の形式は、人々に詩的厳しさを強いるよりも、これを隠れ蓑とした甘えを瀰漫させているようにさえ思える。（昭和五十年八月）

俳宇宙の矮小化は一般的傾向だろうか。俳句はスケッチから入って、それをどう究め、超えてゆくかが問題、要は詩を生むこころのありようである。藤田湘子氏のいう「俳句する思い」の切実さであり、（略）つまり、内的充実の謂にほかならない。

（昭和五十二年十二月）

これらの執筆は戦後三十年の頃、今はそれより更に三十数年を経ているのだが、情況に変わりはないように思える。否むしろ今の方が困惑度が強いのではあるまいか。

ここで、結社の問題について考えてみたい。基本的なことだが、結社の存在意義は、一に詠み方つまり俳句表現の習得と技法の練磨にあり、二に読みの修練を通じての作品の質の向上にある。この両者をつなぐ仕掛に〝選〟ということがあるのだが、それは一応措いて、先の高校生の作品に見られた二つの問題、すなわち、表現の熟達がもたらす慣れの陥穽と内容の新鮮さに伴う表現の未熟という両者を止揚解決するのは結社の力であろう。それは、作句力と読みの力の修練が結社では同時進行しているからである。

ただ、しかし、近時若い世代には結社離れの意識が強いらしい。〝現代俳句の新しい波〟を特集する「ユリイカ」十月号の鼎談（川上弘美、千野帽子、堀本裕樹）では、句会の楽しさへ話が移って行くが、まず結社への違和感が語られているし、千野帽子氏は別途長文の論考で近現代俳句を論じつつ舌鋒するどく結社について述べている。私自身は、この論考の大方には讃同できるし、小気味よい結社論も首肯する。そうして結社在籍四十余年、結社の功罪を体しつつ、千野氏風に言うと結社によって作句を続け得ている次第。

ところが、最近の結社誌を眺めると、同好会的な結社が多いのではないか。文学的信条によるよりも大勢集う心地よさと安心感を主流とした内向性が気になる。加えて、一律には言えないが、結社誌の要である選者（主宰）の力量も気になるところ。これでは志ある新人を魅了できまい。

話が暗くなって来たが、「鷹」に拠る私達は、群れるのでなく一人々々「俳句する思い」をしっかり持ち、未来へ続く俳句の力の役割を果たして行きたい。とは言え、戦時を知っている私は全体主義的なプロパガンダは嫌いである。ただ地道に作句して行きたい。最近、若手作家の一人山口優夢の句〈あぢさゐはすべて残像ではないか〉を「あぢさゐや」と切って呟いていることがある。すると世のすべてが残像と化す――この虚無感は〇（ゼロ）年世代に限らず俳句を志す誰もの心底にあるかと思う。殊に、大震災後の落ちつかぬ感覚に通底していよう。俳句は世代を越えるもの。共に熱く燃えていたい。

（「鷹」二〇一一年十二月号）

第二章　俳句随感

雪の音

雪の音を好きである。

東京ではここ数年全く雪を見ずにいたところ、成人の日、曇り空が音もなく淀んでいると思ったら、窓の外に何かの気配がつと感じられた。ひたひたというような小さな音がする。静かで心が明るくなるような音である。窓を開けてみると雪。純白の小さな華が視野一面に落ちて行く。かすかな音とも言えぬ音を虚空に引きながら。この微小な音がどれ程心の華やぎと安心感を与えてくれることか。

雨はどうかと問われれば、私は生来雨嫌い。落ちつぐ雨音は、心の闇の部分に真直ぐ刺さるようで困ってしまうのである。風には快いものもあるけれど、音を立てる程の風には生活上困るものが多いのではなかろうか。

雪の音を楽しむなどと言えば、雪国の方には笑われたり叱られたりするかも知れない。一夜に一メートルを超えて積り、それが続くとなれば、止むことのない雪の音は、困惑の限りであろう。まして、吹雪や地吹雪となると、いかにきびしいか、想像するだけで遭遇したことのないのを申し訳なく思う。
ただ要は、近来都会生活において自然の物音がほとんど消えてしまった中にあって、久々の雪のかすかな音は、自然のやさしい息吹と思えたのであった。身ほとりにあふれる町騒や生活の音、また、樹々のそよぎや鳥の声などの中、それは本当にひめやかな自然の声であったのである。

静かさを聴いてゐたりき秋の雪　近藤潤一

季節はずれるけれど、まさにこの境地である。また、次のような作からは夜の雪の静かさが伝わって来る。

雪やみし闇軽きものなほも降る　金谷信夫
ゆつたりと昔の時間雪の夜　金箱戈止夫
或る夜の音なきおとや雪の白　成澤たけし
積む雪のしづけさにもう寝ねられず　髙橋千草

季語の大半を自然の風物が占め、また人事句にあっても自然とのかかわりをテーマに詠まれることの多い俳句の世界につながっていて、そうではありながら、私などの生活からは、なまの自然との接触がほとんど失われているように思う。都会生活の一種の抽象性を私は好きなのだが、久々の雪は、何となく閑却していた人と自然との関係への思いを喚起することになったのである。

ここで、話題を大きく変えてみる。人と自然とのかかわりと言えば、今日的話題として、東日本大震災のことがまず浮かぶ。震災は自然観というものについて否応なく考えさせられた。自然の力、すなわち、人間のありようなどとは一切無関係な自然の巨大さを観念としてでなく実感として体験したのであった。自然は自然だけの都合で、地が揺れたり、海が動いたり、山が火を噴いたりするのだという当たり前のことに気づかされたのである。暴虐なものであれ津波は過去にもあった自然現象。ふと、現在観光地として知られる裏磐梯の美しい沼や富士五湖なども、自然の都合による噴火によって出来たのだと思ったりする。海外へ眼を向けると、規模が大きくなって、ポンペイの遺跡や地震によって生じたという島などが思い浮かぶ。また、震災後上演されたり、一部歌唱されたりしていたオペラ『カンディード』は、リスボンの大地震をテーマにしたものである。

さて、ここで今回の震災の過去の例との決定的な違いについて述べねばならない。それはこの震禍が人災でもある点である。自然災害が同時に人災、原発事故を惹起したこと。それは、チェルノブイリの事故以来私が最も惧れて来たことであるのだが。この狭い島国にあって、一旦核の事故が起これば逃げ場がない。関東平野や東京が汚染されたらどうなるのだろうと思っていたことが起こってしまった。福島の人影を見ない家屋や田畑、山野を思ったり、映像を見たりすると、遣り場のない思いに駆られる。

今、テレビのニュースでは、隕石がロシアに落下したことを告げている。前世紀前半位までなら、自然現象による災禍とのみ受けとめただろうに、今日では、落下地点に核の施設はないかとの心配をまずせざるを得ない。

私達の日々の営みはささやかに平和に過ぎていても、大きな視点に立つと、自然や文明のありようは刻々変わって行く。雪の音、雨の音、風の音は変わらなくても、それらに寄せて詠う私達の俳句にも何らかの変容が起こって来るのではなかろうか。また、変容を積極的に志さねばならないのではなかろうか。

「壷」は六〇〇号を迎えられている。新主宰、千草氏がどのような新局面を見せて行かれるか楽しみであり、また、左の句に見るような志や思いに感動している所である。

いわし雲十七音字祈りとも　　髙橋千草
かかへもつ稿に初雪吹雪くかな

（「壷」二〇一三年四月号）

季語の推敲――相乗効果を

あらためて述べるまでもなく、季語については大きく二つの方法がある。季語そのものを詠む一物俳句と、季語を取合せ、配合、二物衝撃と言った形で配する方法とである。

桐一葉日当りながら落ちにけり　　高浜虚子

折から秋を迎えて、右の句がしきりに脳裏を去来するが、季題詠として一物俳句の一典型とも思える掲句、光りながら落ちる葉が映画の一シーンのように見えて来、かつその背後に漂う無常観すら感受できる。実際歳時記を見ると、こうした虚子の季題詠が数多い。

しかし思うに、私は一物俳句をほとんど作っていない。たとえば次の句。

桐の花嘆きは薄き紙につつむ　　靖子

これは中七下五にあとから桐の花を配したのではなく、むしろ、季語が私の心底にひそんでいた情緒を呼び出したと言える。季語が触媒の役を果したか、あるいは、一歩退いて考えても、季語と他のフレーズとが同時に発生したわけで、拙句には、このように季語が句意を述べる他の部分と密接に連繫し合っているものが多い。たとえば、初心の頃の作〈さびしさも透きとほりけり若楓〉では、心情表白がそのまま日に透ける若楓の風情に重なっている。

とは言え、折々には、配合や二物衝撃に意を用いる場面も発生する。数年前〈ゆふぐれの一睡深し桐一葉〉と詠んだ。上五中七とほぼ同時に浮かんだ季語であったが、一の文字の繰返しやこの季語の孕む凋落の趣が何となく気に入らずにいたところ、昨年季語を松の花とした同一句がふと浮かび、それにより充足感を得ることができた。

ゆふぐれの一睡深し松の花

松の花の少しさびしい華やぎが、作者の思いを支えてくれている。

小学校裏に住み古りすみれぐさ

掲句も数年前の作句時季語は立葵であったが、菫を配することでいささか心充たされた次第。情景提示にとどまらず、すみれぐさの優しい響きが私の思いと重なって来た。

去年今年ジャコメッティの歩く人

一昨々年秋、ジャコメッティ展に感激し、作句をと念じた。初案は「逝く秋」か何かで下五もきっぱりしていなかったが、歳末近く右のように定着。細い脚を踏み出した針金のような人物像は時の歩みを象徴しているだろうし、それと釣り合うだけの重層性をもった季語が有効に働いてはいないだろうか。

日本語の貴重な詩的財産である季語と一句におけるその他の部分との相乗効果をこそ大切にして行きたい。

（別冊俳句「季語の楽しみ」二〇〇九年十月刊）

季語「春愁」について

三年程前のこと、正確な字句の記憶がなくて残念だが、数人の句会で大要次のような句が出された。「春愁や」を上五に、中七下五では、衛星放送における外地駐在員と日本のアナウンサーとの応答の間に一、二秒程空白の生ずることへの違和感が述べられていた。

これに対し私は、春愁という季語は、そうした外的状況に即するものではなく、私的な情感に基づく抒情的なものなので受けとめ難い旨を述べ、続いて、折からの外の陽光を眺めつつ、春という季節は明るさの反面何かしらけだるく、もの憂さを誘われるので、春愁とはそれをよく言い得ていると思うと述べた。ところが、実は近年になく驚いてしまったのだが、誰も私の発言にうなずかず、座にはシラーっとした空気が流れたのである。

春のもの憂さなど、私より若い大方の世代の共通感覚ではなくなったのか、憂鬱な気分は四季にあるにしろ、春の気配に殊更愁いを覚えることはないのかと驚いたのである。

春　愁　や　要　は　づ　れ　し　舞　扇　　鷲谷七菜子

髪おほければ春愁の深きかな　　三橋鷹女

春愁と言えば、歳時記に載るこうした句がまず浮かび、長年愛誦するとともに、この情緒に捉われても来た。ともあれ、春は四時（しいじ）の中で一番もの憂いのである。現実がそうあると同時に詩文の世界ではそのように決まっているのである。春と花と同様、春と愁いはイクォール、それが季語の本意である。しかし今の世に至り、本意がゆらいで来たらしい。

昨今、歳時記に登載されている行事や生活習慣の中に絶滅寸前季語とされるものが増えていると言われる。それが今や情緒的季語にまでガラパゴス的現象として及んでいるのであろうか。春愁に対する秋思は比較的詠み易いが、確かに春愁は難しい。春愁の傍題である春怨となると私にはお手上げである。

さて、ここで拙句を挙げることにする。

新聞紙大の春愁ありにけり　　靖子

実は、この作、割合気に入っているのである――現今の春愁をめぐる私の気分を表明し得ているかと。「新聞紙大」とは大きさの譬（たと）えにとどまり、新聞の記事内容はかかわらない。自註を施せば、春愁に対するそこはかとない批評と言うか、春愁という美しい表現はあっても、今の世ではそうした情緒はもうせいぜい新聞紙一枚程の大きさに過ぎないのではなかろうかという思いを述べた次第。春愁をやや揶揄的に「新聞紙大」と形象化したのである。なお、この句は冒頭に述べた句会以前の作。ほかならぬ春の淡海での作句なのだが、今眺めてみると、春愁の季語を愛惜しつつもシビアな句になっていて驚いている。

季語は、その存立を年々に、いや日々に問われているのであろうか。俳句も詩も何であれ読まれ理解されることによって存立する。俳句においては、季語に対する共通感覚や理解度が読みの要点になることが多い。伝統的本意を担う季語の今後の消長についていろいろ考えるべき時点に来ているのかと思う。

終りに、湘子先生と晴子氏の句を挙げる。

孔雀よりはじまる春の愁かな　藤田湘子

春愁真白き孔雀羽根ひらく　飯島晴子

両句偶然に孔雀が登場し、近代ないし現代の瀟洒な春愁と言えよう。晴子作品は最晩年のもの。その甘さを気にする晴子自身の発言が残っているけれど、印象鮮明、春愁の形象化が見事に果たされ、作者にとってしばしの救いともなったのではなかろうか。

（「鷹」二〇一五年七月号）

和田悟朗先生の年賀状

本年二月下旬のこと、届いたばかりの夕刊を開いた途端に、死亡記事欄にある和田悟朗先生の名前がぱっと目に飛び込んで来た。はっとしながらもよく見てみると、通夜・葬儀の日時、場所まではっきり記されている。咄嗟に弔電をと思い、急ぎ電文を考えて発信した。それはごく自然の行動であったのだが、その後思い巡らせてみるに、和田先生と私とは本当に淡いつながりしか持っていないのであった。大体本稿執筆に当たり、和田氏はよそよそしいし、論文でもないので悟朗と呼び捨てにはできないし、便宜を考えて先生としている次第であって、私は先生と句座を共にしたことも、直接お話をしたこともなく、つまり、先生と呼びかけた経験はないのである。

ただ「鷹」創刊百号記念号（昭和四十七年）における第一回鷹評論賞の選者の御一人として、未熟な拙論に寛大な評を頂いたのが、先生との最初の接点だろうか。その後は角川の新年会でお見受けしているはずで、一度だけ五分間程立話を交したことがある（この時の会話は貴重なので、次回本欄において紹介させて頂く）。最後は、一昨年、句集『風車』（角川書店）

の讀賣文学賞受賞御祝いの会であったが、若々しい温顔に心打たれたものである。

さて、先生との交り（まじわ）として何よりも身近に思い出すのは年賀状である。いつからとなく先生とは、元旦配達の賀状を交換して来た。先生は必ず俳句一句を毛筆で書かれ、住所も名前も墨書、更に宛名は黒インクによるペン書きである。近来、ウラもオモテも大方が印刷かパソコン印字となっている賀状の束の中にあって、多分私の受け取る唯一全部が手書きのものである。対して私の方は、宛名は手書きだが、ウラは既成の様式に旅先の写真をはめ込むだけのもので恥ずかしい。それにしても、三十余年にわたり賀状を頂けたのは有難いことである。手許にある近年の賀状に書かれている俳句を紹介させて頂こう。

空想は真上にありて初宇宙　（平成二十一年）

字を消せば思いは残り初明り　（平成二十二年）

かざぐるま廻りて時空初明り　（平成二十五年）

初明り山川古きまほらにて　（平成二十六年）

今年の賀状については、終刊号となった先生が代表の「風来」二十号の記載より引いておく。「今春は四十年来続けてきた年賀状書きを、とうとう止めた。欠礼のこと、お許し下さい。」

先生は篤実な方であり、化学者らしい晴朗な知と情とを兼ね備えておられた。それは俳句作品からも、数多いエッセイ類からも窺うことができるが、ここで年賀状にちなむエッセイを一つ紹介しよう。

阪神淡路大震災の後、崩壊した御自宅の塵埃の中から新春に届いていた何百枚かの年賀状を集められたという。その折の懸命な先生の御様子を想像するのだが、私にはどこか達観されたような横顔が浮かんで来てならないのである。その後、くじ番号を調べて三等の一枚を発見、景品の木椀を手にされたというのもほほえましい。

なお、没後ただちに、「風来」誌終刊の挨拶状が届いた。こうした折目正しさにも、何事にも周到に心を尽くされた先生の面影を重ねてしまうのである。

最後に頂いた昨年の年賀状には「いつまでも俳句とともにお元気で」との添え書きがある。このひのちの残生を私は常に「俳句とともに」とつぶやいて過ごすことになるだろう。

（「鷹」二〇一五年九月号）

情緒について

今回は、和田悟朗先生から年賀状以外に唯一頂いた葉書と、それに関して一度だけ交した会話について記しておきたい。

平成五年、私は『夏の光』と題する散文集をまとめたが、俳句鑑賞に関する一文において「文芸作品は自然科学とは異なる」とか、「鑑賞という行為は、科学的な分析的考察とはほとんど交錯するところがない」等と述べている。これに関して、先生から葉書が飛来したのである。要旨を引用させて頂く。

あなたの思っている自然科学は単に二次的、三次的に過去の成果がまとめられた解説から察したものではないか。直接にナマの科学論文を読まれたことありや。それが俳句作品に相当するのです。それは文芸作品と同じ次元の個性を持っていて、感動を起こさせるものであります。

書き写していると化学者の矜恃が真直ぐに伝わって来る。たしかに、私の念頭には二次的、三次的論文のイメージだけがあったのだと思うが、葉書の論旨はしかと首肯できたし、ナマの科学論文は、全人格、全経験の総和としての情緒の働きによるものであると想像できるのであった。この思いは、俳句に関わるよりも前に、数学者、岡潔博士のエッセイや対談等に感激、共感して以来大切にあたため続けて来たことでもあった。

そこで、先生の葉書には、そうした思いをこめて御返事を書くべきが礼なのであるが、文言に戸惑っているうちに時日を経過してしまった。やがて年更り、角川の新年会で先生の御姿を見、思い切って声を掛けた。御葉書の件を話し、科学論文であれ、俳句であれ、根源を貫いているのは情緒であろう等と述べたところ、先生は「あなたの仰言るとおり、私もそう思います」と言って下さった。その時の語調、あたりの一瞬静まった空気の感触をなつかしく、涙ぐましく思い出す。

ところで、科学と情緒との関りについて、その後私は三度目の驚きに遭遇する。それは山地春眠子氏の近著『月光の象番』(角川学芸出版)にも述べられている飯島晴子氏生前最後のインタビュー(「俳句研究」平成十二年七月)についてのことである。晴子氏自死の二か月前、同誌石井編集長により行われたもので、内容は多岐にわたるが、私を驚かせたのは、数学者藤原正彦氏の講演についての晴子氏の反応である。「情緒性ということが数学者にも必要条件であるという話に感動しました」と言い、俳句に関わってきて四十年、「不自然といってもいいくらい情緒を排除してきたなあと思った」と言う。この件を読んで、甘さを拒否する姿勢に真底心打たれつつも、私の咄嗟の反応は「飯島さん、それはないでしょう。俳句でも科学でも、情緒こそ基盤ですのに」というものであった。「安手の情緒はいまでもいや」と明言されているとおり、たまたま藤原氏の講演に接するまでは無自覚であったとしても、晴子作品は「高尚な意味での情緒」を孕んで生まれている。

紅梅であつたかもしれぬ荒地の橋　　飯島晴子
凍蝶を過（あやまち）のごと瓶に飼ふ
穴惑刃（やいば）の如く若かりき

これらの句には、情緒性の極みの優情が表れていると思う。

晴子氏と情緒との関り、また、俳句や科学における情緒性については、私などの力量を超えた時点でなお深く考察されるべきであろう。情緒こそが、優（すぐ）れた詩的認識やひらめきの鍵（キー）であることを感じつつこの稿を終える。

（「鷹」二〇一五年十一月号）

紫陽花の句など

紫陽花に海の濁りのおよびしか　藤田湘子

紫陽花や流離にとほき靴の艶　小川軽舟

近所の行きつけの美容院での出来事から話を始めよう。その店は割合広くて、真中のテーブルにはいつも季節の花が大きく立派に活けてある。先日は、紫陽花の毬が七、八本挿されていたのだが、いつもの生彩がなく、三本程はぐったりと枯色を呈している。若く美しい美容師にそのことを告げると、「あら、色が変ですね」と言う位であまり関心がない様子。私が「紫陽花は水をよく揚げるから――」等と話すと、「永島さんは部屋に花を飾っているのですか」と不思議そうな顔をする。園芸には無関心な私なので大きなことは言えないが、切花の少々は部屋にないと気分が充たされず、さびしい。しかし、こうした感覚は今日もう失われつつあるのだろうか。

そこへ今度は若い男性美容師。花瓶の水が半分に減っているので、冷たい水を入れないと枯れてしまう旨言ったところ「花にお湯は駄目なのですか」と言う。お湯では枯れるでしょうと答えると「じゃあ、ベランダの草にお湯をかけて枯らそう」とのこと。「草は根が深いから引き抜かなくては駄目」と言ったが、近頃こんなにびっくりした会話はない。

テレビで耳にしたところによると、日本には三つの格差があり、一は経済、二は地域、三は世代だと言う。この第三の格差をまざまざと実感したことであった。

紫陽花は数ある花の季語の中で、よく詠まれているものの一つである。

紫陽花や白よりいでし浅みどり　　渡辺水巴

あぢさゐやきのふの手紙はや古ぶ　　橋本多佳子

このように美しく繊細な一物俳句や、紫陽花を配合とした情感豊かな抒情句や生活句が従来数多く見られる。しかし、上記の二人には紫陽花の孕むこうした世界は無縁のものであろう。情感とか情緒とかいう言葉の意味、ましてやそうした語の体感すら失われているとしか思えない。

季語は遠い世より日本人の情感を貫き、俳句においてはその基幹をなすものであった。人の情感を定着させるに大切な機能をもつ季語、その辺の機微に関して、少し古いが永田耕衣の言を引いてみる。

感懐のうちへよき季語を拉し来る手法は、その季感の中に自己の感懐がいかにこゝちよく溶けこみ、季語のもつ力をいかにして借り得るかの考へが構へてゐないではいゝ効果をもたらさない。

（昭和十一年の稿、「らん」七十号所載）

私としては、当面、自らの感懐へ適切な季語を拉し来ることを止めないであろう。抒情句の陥り易い甘さ、形象力の弱さ等に留意しつつ、詩の本質の一つであり、俳句の伝統でもある抒情の塁（るい）を守って行きたいと思う。紫陽花が亡びては困ると共に、それを受けとめる情感や言葉が失われては困るのである。そうして、更なる抒情の塁も探索していたい。

紫陽花の奥の鎌倉時代かな　北大路　翼

一生をこの色と決め濃紫陽花

第七回田中裕明賞句集『天使の涎』（邑書林）より。この紫陽花の納まり方は在来のものとは少々違うのではないか。個へ一層深く錘をおろしながら広やかな世界へつながっており、季語と個が同化している。知の節度という風なものも窺え、季語の新たな在り様（よう）への希望のようなものを感じるのである。

（「鷹」二〇一六年八月号）

漢字小感

いま、「鷹」の表紙が楽しい。歳末に一月号を手にした時、思わず「あらっ」と嬉しさを声にしてしまった。愛らしい鶏の置物の絵である。これは、先年私がマデイラ島（ポルトガル）で購(もと)めたものと同じ。黒地に極彩色の小さな鶏は幸福をもたらすお守りであろう。酉年早々よい気分であった。

ところがである。私は酉は鶏を指すものとばかり思って来たのに、新春のテレビでは、しきりに、今年はとり年だから飛躍しましょうとか、空高くからよく全体を見渡しましょうとか言っているし、新聞には鳥と表記されていることが多い。十二支についての知識は持たないのだけれど、酉は鶏であり、空飛ぶ鶏はシャガールの絵位のものではなかろうか。

文芸の世界へ目を向けてみると、早朝鶏が刻を告げることが、短篇小説等の結末の常套手段の一つとなっている感がある。古くは、これは私の好きな言葉なのだが「鶏(とり)が鳴く」が「あづま」にかかる枕詞として既に『万葉集』に見られる。ともあれ、酉年のとりをイコール鳥とすることには違和感がある。言葉のもつ臨機応変性や世相に伴う転変を諾うにしても、少々困るのではあるまいか。

ここで、話を変えて、俳句と直接関係はないけれど、漢字に関わる面白いエピソードを紹介する。昨年夏、中国の福建省へ三泊のツアーに参加し、まだ観光地化されていない山村、嵩口(すうこう)を訪れた時のことである。炎暑に参った私は一人、村の集会所のような所で休み、皆が三十分程して戻るのを待っていた。そこは二十坪程のガランとした土間で、折から何か村の祭事でもあって、その準備のためか十歳位の子供数人が竹細工様の精巧な竹とんぼを作っていた。しかし、日中英語不通、話しかけることも出来ない。そこでふと思いつき、手帖に「蜻蛉」と書いて見せたところ、女の子の一人が「チンリン」と読んだ。嬉しくなって、今度は傍らに祭の売物らしく沢山並んでいる鳥や動物を型どった陶製の笛を見て、鳥、鳩、猫等と書いて行き、次に犬と書いたところ、女の子は頭を振って「狗」とその脇に書いてくれた。しかし、日常あまりよい意味には用いられない「走狗」という文字が浮かぶ位で、なぜ十二支の戌(いぬ)ではないのか等わからないことではあった。

ほんのささやかな体験であるが、漢字をめぐってこのように面白い場面があったことを、目を輝かせていた少女の顔と共に繰返し思い出している。同じ動物を指すのであっても、犬と狗と戌とでは印象が異なる。俳句において、広く詩において、一文字であっても、意味だけでなくその形象も重要であると思う。

湘子主宰は、晩年近く、白川静博士の仕事に大変興味を持たれていた。朝日新聞に博士の業績について寄稿されたことがあるし、「鷹」誌上であったと記憶するが、新春を迎えて今年は白川静著作を一日一頁ずつ読み進めたいと述べられていたことがある。漢字の成立や意味変遷が俳句とどう結びつくのか、実のところ私は半信半疑だったのだが、近来の日本語の乱れや誤用、殊に若い世代の言葉の貧しさは何とも気になるところであり、日本語自体が貧しくなれば、俳句も貧しくなる訳で、文字への関心が何かの力になればと願う。
正字、新字、送り仮名等取沙汰されることの多い漢字について、その淵源等々まで、これを機会に興味を寄せて行きたいと思う。

（「鷹」二〇一七年四月号）

白桃随想

とろとろと日は没りつつをかの年の八月六日われいかなりし　　　　靖子

戦後七十二年の夏を迎えてテレビでは連日かの戦争にかかわる体験や実話が放映され、私も初めて知る所が多く長時間見てしまう。

「鷹」誌を見渡すに大方は戦後の生まれ、昭和二十年八月を体験した人は少ないようであるが、原爆投下の日の私は、女学校二年生として戦時動員され、擬装網（武器等を覆い隠すための緑色の網）を作る作業を校舎で行っていたはず。疲れていたであろうが、格別の記憶のない平穏な日であった。住んでいたのは広島県東端の福山市、広島へは列車で三時間の距離なので原爆の直接の影響はなかった。

いつ原爆について知ったか。六日の記憶として今も鮮明なのは（笑わないで頂きたい）夕方縁側で白桃を食べていたことである。軒に射す西日を受けながら、近所の方二、三人と豊潤な果物を口にしていた。食糧難の時代にそれは至福のこと、その最中に「広島に怖しい新型爆弾が落ちて——」と聞かされたのであった。ついでに記すと、その約三十時間後（八日午前一時頃）焼夷弾によりわが町は焼き尽くされ、一応平穏であった日常生活に終止符が打たれた。九日のソ連進攻と長崎への原爆、十五日の終戦のニュースに接したのは、焦土の仮小屋においてである。

ところで、私は精神的に未熟だったのだろうか、当時喧伝されていた聖戦、一億一心等の言葉を他所（よそ）に何かぼんやりした心持でいたように思う。しかし今考えてみるに、人は抽象的な観念、ましてや一時の標語等によって生きているのではあるまい。必須なのは起きて食べて寝るという現実である。その基底に打撃を加えるのが戦争だが、私共は戦時にあっても営まれ続ける日常を書くことしかできないし、それが人間の証（あかし）なのではあるまいか。現に今、戦中の一兵士、一庶民の記録が貴重な証言となって生きていることを思う。そうして、ふとした日常の行為や心情を書きとどめる俳句は、集約された形での時代証言と言えるのではあるまいかと考える。

八月六日すでにはるけし灰色に水蜜桃のはげおつる果皮　　塚本邦雄
水蜜桃とりおとしたり廣島の滅裂の市街地圖の眞上に

白桃が喉過ぐ戦時その奥に　　岡崎光魚

話が大きくなったが、白桃のことに戻る。あの六日の白桃は、思うに戦前の平安な日常を象徴する最後のものであったのだ。その後あれ以上においしい白桃を口にしたことはなく、大体縁側のある家に住んだこともない。
このようなことで、物体としての白桃も、言葉としての白桃も、私の心の中で大きな位置を占めるに至る。それは、多分俳句作者にとって季語として全うな位置ということであろう。ここで、白桃と言えばそれを拈弄（ねんろう）すること怠りなかった永田耕衣の作を挙げる。

吾が啖ひたる白桃の失せにけり　　永田耕衣
白桃の霊の白桃橋は成れり
白桃をいま虚無が泣き滴れり
大白桃百万個大の我が池在り

思索的、哲学的かと思えばシュールな楽しさもある。三句目の作は、白桃の絵入りの色紙を八月になるとわが居間に飾っている。また、四句目は拙文の一節「人は誰も、心にその人だけの池をもつ」を前書にして下さっている。

白桃を食ひ大いなる虚にありぬ　　藤田湘子

ある距離にゐて白桃のこと思ふ

湘子にこういう観念句とは興味深い。

傘させるまま店先に早桃買ふ　　小川軽舟

母の戦後死んで終りぬ百日紅

白桃を境界とした私の戦後は死の日まで続くであろう。そうして、今のこの戦後が戦前に化することのないようにと祈る。

（「鷹」二〇一七年十月号）

「やばい」再考

つい先頃のことである。食べ歩きを目的とする旅番組だったと思うが、若い男性タレントの前に豪華な一皿が出されたところ、途端に彼は一箸つまんで口に入れ目をあげた。そこで私は当然「うまい」の語が発せられると思っていたのだが、何と彼の発語は「やばい！」であった。御馳走に対して「やばい」と言うことは私もかねてより承知で、数年前の「鷹」の時評（本書89ページ所収）にも書いているのだが、その現場をテレビ画面一杯の映像として見せられたのはかなりショックだった。

続いては、今日ただ今、赤ちゃんパンダお目見えのニュースでのこと。招待されたらしい小学生の一団がぞろぞろ香香（シャンシャン）の前を歩きながら「かわいい」を連発するのは当然としてそれに混じって「やばい、やばい」の連呼が次々に起こったのには驚いた。

つまりは、おいしさ、かわいらしさ等々に対する最上級表現が、一様に「やばい」に統括されてしまったのである。感受性の多様さはどうなるのか等にはお構いもなく、「やばい」の語が市民権を得た次第。この一月発売予定の『広辞苑』第七版において「やばい」

はどのように扱われているか、心配でもあり、楽しみな所でもある。

ところで、私には「やばい」と並んで数年来気になっている言葉がある。それは、テレビタレントが多用する言葉の一つと思うのだが「凄(すご)い」という形容詞であり、それに関して非常に驚き困惑した例を挙げてみる。これもテレビで男性タレントが中国は重慶に近い長江流域を旅する番組。彼は広大な原野に立っても、雄大な流れを見下ろしても、立派な建物や美術品を見ても、ただ「凄い」と大声を発するだけ、「美しい」とも「すばらしい」とも言わず、ふとした感想すら述べない。案の定、若く愛らしい中国の案内嬢から「凄い」は美しいという意味ですかと尋ねられる始末であった。

さて、この言葉の貧困化現象(と言ってよいだろう)は何に起因するのか。いささか性急過ぎるかも知れない私見を述べると、それは、主体的な思考や感覚よりも、他者に遅れをとらずに並びたいという平準化の志向に基づく所があるのではないか。「やばい」も「凄い」も指示実体の判然としない形容詞ではなかろうか。それ故に、何事も一並びを志向する風潮の中で重用されるのであろう。

話変わって、歳末恒例の新語・流行語大賞に選ばれた「インスタ映え」「忖度」は、まことによく近来の私共の思考の傾向を示していると思う。前者は他人の眼を意識することの強さに発し、後者は逆に他者への過度な慮(おもんぱか)りに基づいている。言葉はまさに文化の基盤、人の意識のありようを反映して徐々に変容を遂げて行く。

そうした状況に私達はどのように対処して行くか。自我の発露を多少共抑制するような志向や表現は、たしかに近代以降の文学・芸術の志向に逆行している。自我の衝突や交歓を通じて文学は生産され至揚されて来たとも言えるだろう。しかし、歴史は変わりつつ流れて行くもの、中でも言葉は恐らく最も時代の流れに伴って変遷して行くものだろう。

ガラケーからスマホへ更に新しい機器へとめまぐるしく変遷する情報化時代、個々人としての真実を踏まえつつ、かつ、今の時代に即した俳句を書き留めて行きたいものである。

（「鷹」二〇一八年二月号）

原稿用紙雑考

先日、ある作家が新聞紙上で、ワープロ等には縁がないので、原稿用紙に２Ｂの鉛筆で書いていると編集者にあきれられる旨語っているのを眼にした。私も今現に、２Ｂで四百字詰原稿用紙に筆を運んでいる所だが、この連載も毎回、校正等々の場面で編集部に要らざる御手数を掛けているのだろうか。

思えば、原稿用紙とは面白い用紙で、誰が発明したのか等々の来歴、意匠の様々等興味は尽きない。私が日頃用いているのは、世上最も出廻っているらしいコクヨのＢ４判四百字詰である。少し気取ってしかるべき専門メーカーの品を常用していたこともあるが、万年筆から訂正等に便利な鉛筆へ移行するに伴い右製品にした。ところが、である。このコクヨ用紙はコンビニ等にも置いてあって、その利便も有難かったのだが、いつの間にか見えなくなってしまった。つまり、需要が減った訳で、行きつけの文具店でも、毎度陳列棚の隅の方から引っ張り出して買う。ある時、一人の青年が私の横でウロウロとレポート用紙類を物色していたので、ふと直感が働き、「原稿用紙でしょうか？」と脇から取り出して渡したことがある。これは今時、奇特な青年と言うべきか、大げさでなく私の胸に文学の未来に対する希望が湧いてきたものだ。

さて、この正方形が縦に連なり、脇に空白の細い欄（ルビ罫と称するらしい）のある様式が私達に一番身近に生きているのは、毎月の投句用紙（葉書）であろう。大方の結社誌に、正方形十七個を縦につなぎ、ルビ罫を付した投句用紙が挟み込まれている。楷書でとかボールペンでとか、上から詰めて等々の親切な注意書きも見える。ともあれ、この様式の発案者には頭の下がることである。

ところで、この一行二十字詰が、時どき私にとって困る場合が生じる。たとえば、鷹誌の二段組は一行二十七字なので、私は鷹へ執筆の際は一行二十五字ないし三十字の用紙を用いてきた（二十五字詰の場合は枠外に二字記す）。長く丸善の二十五字二十四行のものを愛用していのだが、数年前店頭でもう販売終了にしたと告げられ、以来困っている次第。今は仕方なく手許に数枚あった短歌結社誌の三十字詰原稿用紙をコピーして用いたりしている。

話替わって、昭和四、五十年代の十年余り編集部員・編集長として、毎月校正時、皆さんの句稿を眼にしてきたが、どさっと置かれる句稿の束の一番上にあるのは、常に飯島晴子氏のものであった。そこには、満寿屋製のＢ４判朱色罫四百字詰用紙（ルビ罫がなく、少し横長の枠を連ねた通称〝障子〟と言われるもの）に、ブルー・ブラックのインクによる力強い書体が並ぶ。最期の句稿に至るまで何の乱れもなくそのようであったのが眼裏に浮かぶ。満寿屋製品は今も買うことがあるけれど、朱色罫は飯島さんに敬意を表し、ずっと緑色罫にしてきている。

湘子主宰はと言うと、紙質をよく吟味した私製の〝障子〟様式。罫は一般的な薄墨色。初校時まだ作品は出ておらず、校了時にやっと眼にしたもので校正は当方一任であった。続いて現在、軽舟主宰原稿はおそらく手書きではなくパソコン印字、印刷所直送で、編集部の労は少ないことであろう。

原稿用紙に手書きの文化は今後どう推移するか。俳句作品への影響はどうか。長生きをしている者の危惧と楽しみの一つではある。

（「鷹」二〇一八年十月号）

「立ち上げる」考

「最近また、厭な言葉を一つひんぱんに見聞きするようになった。」「テレビも新聞雑誌もこぞって（略）連呼している。こんな卑しい言葉をどんな気持で使うのだろうか。」「古いとか頑固とか言われても、私はこういう輩とたたかうぞ、と臍を固めているところだ。」

（「句帖の余白」、「鷹」二〇〇〇年六月号）

湘子がこのように激怒している言葉が、他ならぬ「立ちあげる」である。そこで今や、日常絶え間なく聞こえて来るこの言葉について、これまでに私が感じて来たことどもを、時系列に従って述べておくのも一つの記録として多少役立つ点があればと思う。

忘れもしない。私が初めて「立ちあげる」を目にしたのは平成初頭のこと。当時ある大学関係団体の事務局に勤務していて、仕事の大方は諸会議の資料や議事録の取りまとめであった。ある時、某学部の基準に関する資料の中に「〇〇〇を立ち上げ」とあって、その意が摑めず、資料を持参された某大学教授に「どういうことですか」と尋ねたものだ。教授は微笑を浮かべながら「ああ、これはちょっと私共の特殊な言い方だから、一般には通じ難いかも知れませんね」というふうに答えられたと思う。遠い日のことで正確でないかも知れないが、雰囲気は明確に覚えている。

以来幾星霜、平成も末に至って「立ちあげる」は日本語としての市民権を充分に得た。しかし、私は未だに、この初見時の違和感のまま言葉にも文字にもしたことがない。その理由を考えてみるに、幼時よりインプットされて来た「立ちあがる」は、何かがすっくと身を起こすという意の自動詞であり、何かを「立ちあげる」という他動詞に不自然さを感じるからであろう。（立ちは自動詞、あげるは他動詞で、この接続も変である。）

起立礼着席青葉風過ぎた　神野紗希

「起立礼着席」とは、今も行われているかどうか知らないが、小学校で授業の始めに先生への一礼のため級長が発する号令で、数十年を経てなお頭中に響いている感がある。「起立」を動詞にすると「起ち上がる」であり、これこそが立ちあがるということの本来の意に叶っている。これを「立ちあげる」と他動詞にすることには何とも違和感が伴う。

月の出の一本道は立ちあがる　柿本多映

これも、本来の意の「立ちあがる」の用例で、道を主語とした自動詞。人でも動物でもないものを立ちあがると見た把握が鮮烈。

さて、今年出たばかりの『広辞苑』第七版を引いてみると次のように記載されている。

立ち上げる（他下一）①機械を稼働できる状態にする。特にコンピューターにいう。
②組織・企業などを新しく始める。
いま一般には、①の意もだが、広く通用しているのは②の意。①の意は、まさに平成のはじめ、ワープロ、パソコンの普及に伴って定着したと記憶する。私はコンピューターとは縁を持たずにいるが、あの画面に新しい枠を設定するのは、「立ちあげる」感覚であろうと首肯できる。②の意の拡がりは、それが今日の世相の志向と合致した故だろう。

言葉はその負って来た正当な意を重んじて用いたいもの。しかし、文化の変遷に伴って変化するものでもある。また、言語表現はそうしたことを踏まえた上で、何よりも自由でなければならない。要は、俳句作者個々の姿勢に委ねられていることを心していたい。

（「鷹」二〇一八年十二月号）

飯島晴子作品に見る虚の世界

天網は冬の菫の匂かな　飯島晴子
かの后鏡攻めにてみまかれり
孔子一行衣服で赭い梨を拭き
大洪水孔子は琴や敲きけん

このような作品について、皆さんはどのように思われるだろう。飯島晴子作品の大方は足で（吟行で）作られた、少なくとも吟行での嘱目に触発されて作品世界を構築したとされて来た。実際私も、晴子氏自身から。〝お祓い〟と称する吟行について常に聞かされていたものだ。しかし、今ふと、そうした晴子作とはいささか異質のこうした作品に心やすらぐなつかしさのようなものを覚えている。

孔子の句は昭和四十九年「俳句研究」掲載作、〈ランプまはすとさふらん色の諸国にて〉ほか二十句の連作で、誌面の印象をはっきり覚えている。自註によると、吟行に出る時間もなく、世界地図をひろげて連想されるイメージを絞り出して作ったという。

国内は隈なく旅した晴子氏だが、中国の地は踏んでいないはず、また特に孔子に精通していたわけでもなく、幼時よりの漠然とした知識の上に、想像力・創作力が働いたのであろう。明確なイメージや内包するものの豊かさに感動する。人の一途な創作心に、定型は恩寵の如く加担するのであろうか。

「かの后」の句は、〝鏡〟一語に寄せる作者の経験や感覚の築いた一行であろう。

「天網」の句については、自註より引くと「実景には関係なく言葉から入った」と言い、このように「定型に嵌めて断言してみると、天網は冬の菫の匂いであることが、私には案外そうであってもよいではないかと思われた」とある。そうして、作者が納得し、一人くらい受け入れてくれれば一句が成仏すると述べるが、私の記憶では、この句、俳句には無関係の女学校の同窓の集まりか何かにおいて、共鳴者が多かった旨を耳にしたように思う。

以上の句はすべて第二句集『朱田』所載。「天網」は昭和四十八年発表作である。

　　うたたねの泪大事に茄子の花

昭和五十二年、私も参加した吉野山吟行句。自註によれば、象(きさ)の小川にかかる橋に「義経假寝橋(うたたね)」という掲示があり、それに触発されて出来たと言う。義経伝説とは関わりなく、まして、吉野にはない茄子を持ち出す。言葉「うたたね」のみが動機となった作である。

紅梅であつたかもしれぬ荒地の橋

橋と言えば思い出す私の愛誦句。昭和四十七年、渡良瀬川遊水池での作である。荒地に残るかすかな人の気配や自然の推移の微妙で透明なやさしさに魅されてのものらしい。幻想の紅梅が季語の本情を担いつつ、よく作者の深い情感を代弁していよう。季語の持つ本来の力を見せてくれた感がある。

わが末子(ばっし)立つ冬麗のギリシャの市場

昭和五十二年、阿部完市氏らと共にした句会での席題「市場」の句。自解を待つまでもなく、作者はギリシャへ赴いたことはなく、単語のすべては実の描写ではなく概念的である。しかし、虚がそのまま詩として屹立し、句の背後にピタリと立つ晴子像が見える。

晴子没後はや二十年近くを経て、その作品の豊かさをいろいろな視点から考えてみたい。描写なくして一句は成立するまいが、事実の叙述だけでなく、作者の感覚・経験の総和を賭した虚の表現もあってよかろう。言葉そのもののリアリティの重要さに思いを至す。

（「鷹」二〇一九年四月号）

情熱の句・歌集

令和の元号がスタートしたばかりであるが、今回は、七十年近くさかのぼり、昭和二十年代の俳壇のエピソードを一つ記しておきたい。

先達てのこと、「里」誌の近号をめくっていると楠本憲吉の名が見え、その句集『隠花植物』が紹介されていた（筆者・田中惣一郎）。憲吉の経歴や作品のことは一応措いて、私はこの句集が私家版として再三版元を変えては刊行されている旨を読み、手許にある布装、函入、二色刷の同句集を思い出し、早速田中氏に連絡してそれを見て頂いたりした。昭和五十七年十二月、書肆季節社の復刻版がそれで、版元の政田岑生氏より頂きながら書棚に眠っていたものである。

いま久しぶりに眼を通し、今なお清新な魅力に打たれているところである。そうして、更に魅了されたのは塚本邦雄執筆の解題であり、特に『隠花植物』と塚本の第一歌集『水葬物語』との関わり、また、これは私も多少知ってはいたが、高柳重信の第一句集『蕗子』とこの二冊との関係についての論及であった。

そこで「後年、私は心の中で、ひそかに三人兄弟詩歌集と呼び、その奇縁を懐かしむことがあつた」と塚本の記すこの三冊の刊行年月をまず記しておこう。

『蕗子』　昭和二十五年八月二十五日

『隠花植物』　昭和二十六年五月一日

『水葬物語』　昭和二十六年八月七日

いずれも、池上浩山人装幀、高柳年雄（重信の末弟）印刷、和綴本、百二十部刊行。重信が活字を買い揃え、手許の小型印刷機で刷ったと言う。現物を私は見たことなく、今は復刻版『水葬物語』（二〇〇九年・書肆稲妻屋）によって往時の面影を想像するだけである。

肝心の作品について述べれば、重信、邦雄は今日なお高く評価され、この二冊を戦後の詩歌の一出発点と見なすことは多くの人々の首肯する所であろう。憲吉も作に論にテレビでも活躍、鷹では一度同人総会で講演、初期の座談会の場はその実家「灘萬」であった。

ここで三人の作品を少し挙げて置く。

＊

月下の宿帳
先客の名はリラダン伯爵　　　高柳重信

＊

船焼き捨てし
船長は

泳ぐかな

父の忌やほぐすに難き身の情事　　楠本憲吉
野の落暉八方へ裂け　戰爭か
胡麻をはたくは微妙ならずや町なかに
戰爭のたびに砂鐵をしたたらす暗き乳房のために禱るも　　塚本邦雄
ダマスクス生れの火夫がひと夜ねてかへる港の百合科植物

主題や、技法面での象徴、暗喩の多用等に類縁性を見るのは容易だが、その時代的意義は今回略す。なお、憲吉の「胡麻」の句は、塚本の『百句燦燦』中私の愛好句である。

結論的に、私が何よりも感動するのは、三冊に通底する情熱及び自恃と抵抗の念である。前記塚本の「解題」の一節を引いてみる。

　われらは老いて行く。死者は永遠に若い。『隱花植物』は、『水葬物語』は、そして『蕗子』は常に若い。私達が魂まで老いるなら、これらの處女詩歌集も死者になるだろう。

ある時の高柳の眼差を私は忘れない。高柳宅で話がたまたま塚本作品に及んだ際、「ああ『水葬物語』は僕の……」と言いつつ遠い所へ柔かい懐旧の眼差を向けられたことを。それは、平素の舌鋒の鋭さとは異質のものだった。

スマホに見入る今日の青年達の胸にも、こうした熱い魂の生き続けていることを願う。

（「鷹」二〇一九年六月号）

俳の人――八田木枯氏哀悼

八田木枯氏の訃に接した時、私は発売直後の「俳句αあるふあ」四・五月号を眺めていた。その一頁に氏の近影と作品十句並びに短文が載り、そこでは下落合の薬王院の牡丹の好ましさが述べられ「今年も行きたいところだが、どうなることやら」と結ばれている。それを見て、私の脳裏に三、四年前の一情景がつとよみがえった。木枯氏に誘われ数人で薬王院を吟行した後、句会をと喫茶店を覗いたがどこも満席、すると氏は即刻「では地下鉄のホームがよい」ということで、中井駅の人気のない白々としたホームのベンチに坐し、短冊、清記、披講ときちんと句会を行ったものだ。ホームでの句会とは恐らく前代未聞、氏の人柄の自在さ、真率さ、俳句にまた殊に句座に寄せる愛と情熱との端的なあらわれの一つではなかったかと今にして思う。

ぼうたんの花のゆるるはきはどけれ
ぼうたんの崩るるときや全て見ゆ

（『鏡騒』）

外濠の堤で毎年催されていた「花筵有情」は広く知られているところだが、季節毎の吟行や句宴の数々をなつかしく思い出す。佃の魂祭、酉の市、浅草煤逃吟行、雪の新大橋と桜鍋、歌舞伎座天井桟敷吟行等々。十三夜に十三句出しの句会や蚊帳を吊っての納涼句会等もあった。いずれの場合も、純白の出句短冊に至るまで氏が用意されたもので、句座に対する無償の愛の深さに頭がさがる。生来無粋、無風流な私は、氏のお蔭でどれ程日本的なかんずく下町的情趣に触れさせて頂けたか。氏は地に足のついた日常風物を好まれた。

はるばるときて雨月なり貝の蓋　（『夜さり』）
手をあげることも供養の踊かな

木枯氏の俳歴は少年時代に発して長い。父上の影響でまず「ホトトギス」へ投句、その頃の作も数多く残っている。その後、素逝、鶏二を知り、誓子に遭遇、「天狼」誌上に伝説的と言ってよい程の独自の作を発表。その後長い休詠を経てやがて私達の眼に親しい個性横溢の木枯作品が書かれ続けて来た次第だが、思うにその道はひたすらな自己練磨であった。「誰も触れてはいない境地を詠みたい。自分の句のコピーばかりでは仕様がない」（別冊俳句『平成秀句選集』）というのが氏の覚悟であり、そうした真の自己表現追尋の志が晩年の他の追随を許さぬ句境に氏を導いたのだ。青年期の鋭利な抒情句と最近の沈潜した詩情の句を各二句挙げる。

汗の馬なほ汗をかくしづかなり　（『汗馬楽鈔』）
天にまだ蜥蜴を照らす光あるらし
春を待つこころに鳥がゐてうごく　（『鏡騒』）
金魚死に幾日か過ぎさらに過ぎ

木枯居晩紅塾の句会は昨年の震災前まで毎月開かれ私も差支えない限り出ていた。中堅、若手を中心とした超結社の会であったが、木枯氏はにこやかな姿勢を貫かれ、怒声はもとより酷評も耳にしたことがない。自らも一座から得るものは何でも学びたいという思いがあったのか、真に句会を楽しんでおられた。思えばその寛容さに私など甘える面があったかも知れない。もっと多作をなどと言われることがあったのは、拙作のつまらなさの指摘だったのだろう。しかし、木枯選及び評、また一座の方の発言から多くを学んで来た。

そうした経緯を通じて、木枯作は常に峻烈であった。誰の亜流でもなく、自己模倣を許さぬ句境は、独自の視野、感覚、措辞に充ち、諧謔を伴って微笑を誘ったりするが、深い孤愁の漂いに打たれもする。また、生涯老境に甘んじることもなかった。

さて唐突ながら、俳句はすぐれた詩型であるけれど、俳とは一体何だろう。俳と詩との違いはという問いの答を木枯氏は私に与え続けて下さったように顧みて思う。詳論は措いて、吟行時の生きいきとした後姿、句会の席の眼光、微笑を思うだけで充分の答である。俳は理論としてでなく、常住坐臥の裡にあるのだろう。
木枯氏不在の世はひたぶるに淋しい。扇の要の外れたような喪失感をいかがしたものであろう。終りに、逝去の前日、あらかじめ私共の小句会にＦＡＸ投句されていた作を御紹介する。

生きものの春です臍(ほぞ)をまん中に

引く鶴の生々傷ならばなぐさまず

命終ののちも句会に参じて下さったのである。

（「俳句」二〇一二年七月号）

光と影と——木枯作品の到達点

今日は帰りに寺の内の妙蓮寺にゆき、塚本邦雄さんのお墓にお詣りしました。墓地はひっそりとしてました。久しぶりの墓参でした。

これは平成二十二年一月末に飛来した木枯氏からの葉書の一節である。晩年、八田家の父祖の地である京都の風物を好まれて滞在されることが多く、折々にこうした近況報告を受けた。塚本墓所の所在地について、どういう時に話したのであったか今思い出せないが。

洗ひ髪身におぼえなき光ばかり

知られる通り塚本邦雄著『百句燦燦』（昭和四十九年刊）登載句である。ただ、年譜にも見えるが、同著刊行時、表記や初出誌について照会をしたところ不明で「架空の人物」とまで言われたらしい。しかし、句は燦然と取り上げられたのである。この次第について、塚本氏側に尋ねる機は逸したが、木枯氏からは「全く知らないでいたところ、出版後しばらくして誰方かから教えられ大変有難く思った」と言われたのを記憶している。なお、私が木枯作品に接したのはこの句が初めてで、その後十余年を経て『汗馬楽鈔』（昭和六十三年刊）を手にすることになる。

ところで、掲句はなかなか難解である。「身におぼえなき光」とは何か。身に覚えがないという形容は、普通光の側のもの、栄光、幸運等には用いられず、影のもの、意に反したものに冠せられる。その逆説性を同著は讃え、光をさえ憾む負の境地に共鳴している。影と言えば、木枯氏はよく谷崎潤一郎の『陰翳礼讃』を愛読すると口にしておられた。しかし、木枯作を通読し、長年句会に参じた印象では、人柄も作品も外へ開かれた明るさが一つの持味であったように思う。だが、またしかし、そのことに惑わされず、明るさを装う秀作は、その裏に深淵を秘めていることに思いを致したい。詩歌人誰しも、内なる負のエネルギーを作品という正なるものに昇華結晶させるのではあるまいか。

光とそれを支える影の部分とは木枯作の基調と思えてくるが、まずは、影が表にテーマとして際立っている作、木枯氏終生の痛みであった戦争の句を挙げる。

戰友よいまも濡れたる花かざし
軍服はたるみ銀河にぶらさがる
戰争が來ぬうち雛を仕舞ひませう

注釈を要せぬ句ばかり。雛の可憐さ、銀河のシュールさが心に残る。〈蝶のなみかへりみすれば旗のなみ〉等も銃後の少女であった私には見過ごせない。
次に、強く心にかかるのは母の句群である。光と影、虚実の関わりが最もよく顕現するテーマであろう。

あを揚羽母をてごめの日のくれは

月光が怕くて母へ逃げこみぬ

繊美なイメージと巧みな修辞により、どこかこの世のものならぬ抽象世界を現出している。
なお終りに、老いをテーマにした晩年の洒脱自在かつ陰翳に富む作品は、木枯作の到達点と考えたい。

死なない老人朝顔のうごき咲

木枯氏の本名は奇しくも光。今後その作品にはさまざまな光が当てられるだろう。「身におぼえなき」と言わず、微笑んで眺めていて頂ければ幸いである。

（『八田木枯全句集』「栞」二〇一三年五月、ふらんす堂）

飛天のように ―― 冬野虹さんの贈物

「むしめがね」16号（Décollage de Niji Fuyuno とある冬野虹追悼号）に掲載されている十枚程の写真のうち、虹さんとピナ・バウシュとが話し合っている写真の虹さんの表情を私は大変好きである。二人共前かがみに坐して相手を見つめ、ピナは左指に煙草を挟み、虹さんは右手をピナの左手と同じ高さに浮かせている。会話は英語か、フランス語か、いずれにしろ、虹さんの率直、純粋な姿勢がよく現れている。虹さんは生涯こういう真率さを貫いた人であった。真実のもの、美しいものを希求し、誰にも優しく対しつつ、しかも確かな自己のスタンスを持って立っていた。

ピナのことを私は知らず、ヴッパタール舞踊団の公演を観たのは虹さん没後のことだが、魅了され、ピナ急逝までの日本公演をすべて観ることになった。壮大な演劇世界を展開しつつ、基盤として、日常些事を細やかにユーモラスに汲み上げている。それは、日常のふとした違和感やささやかな美しさを詠うことの多い虹世界に通じるのではなかろうか。殊に今回、その詩作品と短歌に初めて接し、そう思う。

虹さんは沢山の美しいものを教えて下さった。まずは中西夏之氏の作品だが、浜松町駅近くのギャラリーの壁一面に拡がる白と紫の静謐な抽象世界に圧倒された。以後、川村記念美術館、松濤美術館等で氏の全貌に接することになる。

また、四ッ谷龍・冬野虹夫妻は折々にフランスを旅してはその感動を伝えて来るので、私もそれを共有したく、いくつかの地を訪れている。パリはシテ島の小鳥市からバシュラールの故郷、バール・シュール・オーブまで様ざまだが、書きとめておきたいのは、北部の都市、サン・カンタン（Saint - Quentin）のことである。虹さんがふと、しかし強い口調で称揚したのがこの町の美術館の所蔵するパステル画であった。団体旅行の半日を無理して訪ねたところ、邸宅様の館に、十八世紀の宮廷画家モーリス - カンタン・ドゥ・ラ・トゥール（Maurice - Quentin de La Tour）描く肖像画が所狭しと掛けられているのであった。ルイ十五世、ポンパドゥール侯爵夫人、ルソー、ヴォルテール等の顔ぶれが、中間色の柔い筆致で描かれ、本人達が今そこにいるかのように並んでいるのは壮観である。虹さんの知識の幅と審美眼の高さに驚かされた次第であった。なお、この町には二万に及ぶ蝶を展示する博物館がある。針金と白布による御手製の捕虫網をフランスまで携える程蝶好きだった虹さんにそれを話せなかったのを残念に思う。

こうした虹さんの殆ど未発表の遺稿が、龍氏の緻密な労作によりまとめられたのは何とも嬉しい。どの一行も類例のないイメージや措辞に充ち、優雅にして大胆、真当にして破格、一切が虹さんの存在そのものであり、遺された者達への贈物である。

虹さんと最後に別れたのは、逝去の三日前、鎌倉での白石かずこ氏の会の帰途、東京駅南口の改札口においてであった。虹さんはJRではなく、有楽町まで歩いて地下鉄に乗ると言う。日頃なじんだ道順を取りたいというのが虹さんの流儀。中央郵便局の方へマフラーをひるがえして歩むその姿は、遠く美しい異界から来て異界へ去る飛天のようであった。

（『かしすまりあ／冬野虹作品集成第Ⅲ巻』「栞」二〇一五年四月、書肆山田刊）

第三章　「鷹」編集後記

「鷹」編集後記――一九七五～一九八〇

この章では俳誌「鷹」の表記から鍵括弧「」を省略した。

＊

新年おめでとうございます。文字通り鷹にとっての新しい年の幕明けを痛感しています。夜明けはいいもの、一日に何度も夕日を見たい心が文芸の原郷にあるなら、それを支え作品化するのは夜明けの力とでもいうものでしょう。

昨年来の総合俳誌や結社誌を見わたせば、物と言葉、象徴、日常、境涯等々編集者にとって垂涎のテーマがひしめいている。建設期に入った鷹は、積極的に俳句のはらむ諸問題に取組みたいが、あらかじめ設定された命題に振りまわされることを避け、いうならば帰納的な編集を貫く方針。それは、伝統と前衛の間とか、中道などという安易な言い方では律せられない困難な道であろうが、あえて一番危険な道をとりたい。過去十年の鷹をめくり返してみて、多彩な作家を擁しつつ実力本位で進んで来た鷹は、すでにそういう道をとるに充分な内発的な力を備えていると感じるからである。

（一九七五年一月）

＊

似たような習慣をもつ人は多いと思うが、新年の休みには今年も芭蕉七部集の歌仙を二、三ひもといた。安東次男氏による評釈が出てから、現代の詩感と知識によるヴィヴィッドで緻密な連歌世界の解明を享受できるのは嬉しい。ただ、私には、安東氏によって詩的感受の不正確を指摘されている幸田露伴の全評釈も忘れ難い。二十代の初期に接した目もあやな文語文による情熱的評釈は、私に初めて日本語の美しさと不思議とを教えてくれたのであった。

このところは、積んである本の中から『思考する魚』（池田満寿夫）『パリの静かな時』（大久保喬樹）をとり出して読む。両者とも生き々々した著者達の日常生活の手ざわりやリズムを感じさせ、表現者の姿勢ということについて改めて考えさせられた。

鷹の頁をめくり、作品を一句々々たどる時、私は刻々変わるリズムに浸される。それはときに陽光溢れる窓辺の景を、ときに風荒ぶ山野を映し出す。そうしたあらゆる風景にいつも柔軟に素直に対していたいと思う。

（一九七五年二月）

＊

職場（教育関係団体の事務局）のアルバイト学生達にいつも言うのは、「字を覚えて下さい。言葉を覚えて下さい」ということである。語彙の少なさは感覚の刻みの粗さに通じ、漢字制限が思考の幅の狭さを産んだのだとも言ってしまう。昨今のジャーナリズムの話題に便乗するわけではないが、日本語の衰弱即日本人の頭脳の退化というのが、私の近来の危惧の一つである。ずばり言えば、教育が悪いのだと思う。これは若い人に対してだけではなく、私自身に即して痛感するのであって、中等教育において一回の作文の授業もなく、何ら自己表現の修練を課せられなかった国語教育への憾みが心底にうずいている。まず基幹となる国語の文章訓練があって、はじめて、それへの抵抗としての個の表現が可能となる面があるはずだからである。

万葉集の昔より短詩型に詩華集はつきもののようであるが、今日の歳時記に至るまで、よく見ると全部他選である。自選アンソロジー『鷹俳句集』の意義を、そんなこととも照らし合わせて考えてみたりしている。

（一九七五年三月）

▼一九七四年九月、鷹俳句会刊。創刊十周年記念の一人二十句提出のアンソロジー。

＊

鷹誌上にはじめて芭蕉が登場しました。どのようにでも受けとめていただきたい。教養講座的な意識は編集部にはありません。計画的な編集、突発的な編集と、とりまぜながら、着実にすすみたいと思います。

〈行春や鳥啼き魚の目は泪〉ぱっと感動して、意味づけはあとから来る。シュールレアリズム、象徴、絵画的、古今東西相通ずるものは一つ等々。

前号、湘子主宰の波郷に関するエッセイに触発されて、気になる存在波郷がまた私の中でふくらんできた。一言で言い切るのは不適当かもしれないが、波郷の生き方や作品には、日本人の最大公約数的な夢が含まれているのではないだろうか。そのことへの激しい反撥と共感がある。

五月には、緑したたる木曾山中でお目にかかりましょう。


（一九七五年四月）

＊

今年は桜の当り年であるのか、わが身辺、朝に夕に、艶に妖に、さまざまな桜が出没する。大家さんの畑の縁の十数本の桜、四ッ谷の堤に霞のようにたなびく桜、靖國神社本殿脇の名木、近くの東京女子大の大きな八重桜。ついには初めて吉野まで足を伸ばすことになった。エッセイをお願いした渡部昇一氏によれば、桜に心さわぐのは、万葉・古今以来の桜讃美の言葉が桜を見る前既に私達の心に棲みついているためという。吉野では時間切れで、西行庵へあと一歩の所で引返さねばならなかったのが無念である。しかし、桜にも勝る吉野の杉の霊気には、全く圧倒された。

平井照敏句集『猫町』は座右にあって猫的光彩を放ち、出入り自由の隣家の猫が音もなくそばを通り抜ける。十余年来、フランス詩紹介や詩論によってその著作に親しみ、俳句も初期の頃から目にとめてきた平井氏の今後に、大きな期待と関心を寄せさせて頂こう。

次号は定本『途上』特集。昨年に続き二十代の鷹に活躍して貰います。御期待ください。


（一九七五年五月）

＊

鷹の大多数にとって、湘子処女句集を手にするのは初めてのこと。筆写ノートやガリ版刷のもの、歳時記に登載の諸句を通して朧の彼方に透かしみるのが今までの大方の有様であった。青春とは、今青春にある者にも、既にそこを遠く過ぎた者にも、何か気恥ずかしいものであるが、定本として再び日の当っている句集は、作者にも読者にも〝思い出の小箱〟として蔵っておくようなものではあるまい。『途上』の青春に二十年後を歩んでいる今の青春を重ねることを中心に据え、あとは読者の側でさまざま考えて頂きたいと思う。

今年は鷹十一年目の第一歩として、特にテーマを設けた編集をせず、今後も続刊される句集を取上げることを通じて、足元を見据えて行きたい。

皆の胸に幻の木曾が大きくふくらんだらしい。「新幹線の始発をオムスビを作って待期している」「どないしよう、歩いて行こうか」等々わが家の電話も前夜まで賑やかだった。楽しみを秋に伸ばしつつ、長野県支部の御苦労に熱い感謝を馳せている。◀(一九七五年六月)

▼五月十日、十一日に予定されていた木曾駒高原における第十五回吟行会が、国鉄ストのため中止となったのである。当日の朝までスト決行か回避か全くわからず、皆困惑したのであった。十一月一日、二日に催行されたが、鷹の歴史上もこれ一回の出来事、当時多発したストの状況に思いを致す。また、開催地の長野県の皆様は大変だったことだろう。なお、十一月の吟行会は一〇〇余名参加の盛会であった。

余談ながら、当時湘子主宰は国鉄本社の広報部に勤務。スト続行中は、たしか本社に泊り込みだったと思う。私は常日頃鷹の原稿や校正ゲラを東京駅丸の内北口前の国鉄本社へ届けていたものだが、スト中は直接面談出来ず、受付の職員に預けたと記憶する(顔なじみになっている職員もあった)。

＊

京都の吟行会には前夜遅く新幹線で到着。直前まで本号の編集に追われていたので、朝目覚めてからさて夕刻の集合時までどこへ行こうと思案。不思議にも閃いたのが大和西の京の唐招提寺。鑑真和上像を開扉中に違いないとの直感である。〈青葉して御目の雫拭はばや〉の前には沈黙するほかなく、また、新しく入った東山魁夷画伯の襖絵は美し過ぎて句に乗らないが、旅の喜びはこうした衝動的な自由さに尽きる。大勢の友との語らいを前にした安らかな孤独が嬉しい。詩的経験としてのいわゆる〝特権的瞬間〟は、日常性をほんの少しずれた旅のさ中の空白の時間に訪れることが多いのではなかろうか。

唐招提寺前庭の節度ある雑踏の中で思ったのは、この土を初めて踏んで金堂の円柱を見た日から二十余年、肉体の老いはともかく、私の心には何の変化も起っていないことである。それは深い淵の表面のようである。ただ、まだ表現の光は届いていない。表現とは噴出ではなく、私と物と言葉との出会いのような気もしている。

（一九七五年七月）

＊

座光寺亭人さんの句集『流木』を手にすることができて嬉しい。鷹に入って亭人さんから最初に受けた感銘は、湘子主宰が誌上で同人作品のタルミを指摘されるや、直ちに当時のⅡ欄とⅢ欄の両方に気魄に充ちた投句をされ、両欄の巻頭を同時に占めるなどしてその年の鷹俳句賞を受けられたことである。また、長野県支部結成大会の時、湘子主宰と相擁して感涙にむせんでおられた姿も眼に焼きついている。先年しばらく健康を害され、Ⅲ欄短評という根気の要る原稿をお願いしていた私は胸衝かれる思いであったが、元気回復、句境の展開とともに『流木』を公にされ嬉しい。

十周年祝賀会のアルバムに一際にこやかな顔の見える香月育子さん――八年前東京例会に初めて出た時、隣席におられて主婦でない私を「奥さま」と呼んで下さるのに戸惑いつつ句稿の書き方を教わって以来、いつも優しい香月さんに、私は迂濶なお仲間であり続けたようだ。枕元の鷹を「これが力なの」と言ってらしたという香月さん、いつまでも鷹の中に生きて下さい。

（一九七五年八月）

＊

この夏は連日濃い青空と盛大な暑さに恵まれ、能率の低下はともかく、気分的には大変せいせいするものがあった。中年以上の日本人の共通感覚になっている終戦の年の夏と同じだとも思った。この歴史的体感のようなものが後の世代にも伝わって行くことを願っている。そうした一日、かねて念願の前橋を訪れ、句会の前の二時間程を、広瀬川の迅い流れを見ることと、朔太郎旧居の木蔭にたたずむことで過ごした。その数日前の長野県支部吟行でも迅く音立てて流れる水に数多く出会った。どちらも普通の、いわば普段着の町であり山村であること、その地の平淡な生活感覚が水の音と融和していることが、私を激しく打つのであった。

『あや』の著者市川恵子さんは、自分の句がいとしくてと繰返しおっしゃる。それは白っぽい自愛の念とは異質の、市川さんの腰のすわった生き様によるもののように思う。本特集で好評の〈乳房ありこれより寒き丸木橋〉の句の放胆さの蔭にも、私は市川さんの無意識の堪えの勁さ、見ごとさを感じている。


（一九七五年九月）

▼長野県支部五周年記念吟行会（波田高原）。飯島晴子氏に私が同行した。

人の身にかつと日当る葛の花　　晴子

は、その折の句。

＊

固有名詞の特集というのは、多少些末に偏し奇異に思われるだろうか。編集部としては、年来あたためてきた言葉の問題への切込みの、初めての試みの積りである。従って、固有名詞の使用を自明のこととして取扱うのではなく、固有名詞そのものの、言葉としての働きの根源を問うことを意図したのであるが、幸いそうした視点からの文章をたくさん戴くことができて有難い。

鷹内外の主として若い世代による固有名詞の積極的な使用が本号の引金になっている訳

だが、季語以上に多くの衣裳をまとったボルテージの高い言葉が抵抗なく用いられていることに、実は、季語に対しては幼馴じみのような感を抱くのに、固有名詞への嗜好を持たない私は、ある不思議を覚えている。とにかく、「言葉」への一人々々の傾斜の違いについて考えさせられた。

平井照敏さんの「『猫町』始末」にある〝人名俳句は挨拶句である〟との主張は、これまた、鷹にはじめて登場した問題である。今後の号へ引きついで論じ合うテーマの一つとして、豊かな稔りを期待したい。

（一九七五年十月）

▼「俳句研究」一九七三年十一月号発表の「五十句競作」は俳壇的に大きな反響を呼び、今日でも話題にされることが多いが、その入選作や佳作の中に、人名、地名等を用いた佳句が目についた次第で、以降、固有名詞の使用が一種の流行となった。当時の鷹会員の競作作品から挙げておく。

憶良らの近江は山かせりなづな　しょうり大

酒ちかく鶴ゐる津軽明りかな　大屋達治

＊

仲秋の名月を狭山湖まで観に出かけた。この平地より一段高く横たわる大きな人造湖は、足元まで迫っている郊外住宅が嘘のように、全く人間世界から隔絶された趣を持っている。北欧のスオミを思わせる岬の重なりの果の湖面に、黒い鳥影とともに日が沈むと、反対の空には満月が輝き、暗い森と月光の漣だけの世界となる。

帰途Hさんは「生活の感じられる所の方が好きだ」と言ったが、確かに同感である。ただ、無人の世界の凄絶さに魅かれる気持も否めない。ものを書く心の奥底には、荒涼とか凄絶とか名づける他ない謎の部分の横たわっていることを感じずにはいられないから。

来月は『鱒吉句集』特集。同人総会の日に持ち込まれた一冊を手にして、まず、湘子序文の「酒井さんは俳句のためにはいつも燃えている」の語に打たれた。そうして、百幾名の方々と言葉を交し目を交しながら、みんなそれぞれの音と色と形で燃えていると感じていた。今年も充実したいい総会であった。

（一九七五年十一月）

＊

『鱒吉句集』は、初冬から歳末へかけての、慌しくて、人間臭くて、しかしどこかものさびしい気分の中で読むにふさわしい句集のように思う。昼間喫茶店の一角で、あるいは夜自分の机の前で、遠く近く潮騒のような街音を聞くのを私は好きだが、鱒吉俳句は、忙しさの中のそうした静かな一時の空間にすっとはまりこんでくる。酒井さんは、過ぎ行くものを捉えることに秀でた作家ではないか、移ろい行くものと一つになった歌が聞こえてくるとも思う。

長い間一同愛読して来た酒井さんの「新吉春秋」が一応の完結を見た。著者の分身、新吉の今後を思い巡らせつつ、酒井さんのひたすらな平淡さを受けとめているところである。

鷹の行手を励ますような見ごとな木曾の空と山々であった。十一年目の今年、編集部はただ夢中で過ごしてきたが、十二年目も同じであろう。激しく模索することによって、鷹にしかないものを創りたい。遠くお住まいの方、御闘病中の方、お目にかかれない方々、よい越年をお祈りいたします。

（一九七五年十二月）

＊

湘子・晴子対談「選者と投句者」をもって今年の誌面を出発することになりました。各地の句会や吟行会で機に触れては繰り返し語られてきたことの確認であり、エッセンスであると言えましょうか。ようやく寒さの加わる波郷忌の夜、エネルギーの籠った鋭い言葉に充ちた一時間でした。鷹を貫く一筋の糸のあり様を汲み取って頂きたいと思います。

鷹は一般のいわゆる伝統結社誌とは違って色相が単色でなく多彩なので、表面の多様さに振り廻され幻惑されることのないよう、一人々々が作家魂とでもいうものをはっきり持つ必要があるように思います。その心構えを踏まえた上で編集も多彩でありたいと願っています。

（一九七六年一月）

＊

本号は、はからずも評論特集のかたちになった。どの文章にも、執筆者たちの実作者として長く暖めてきたテーマにかけるエネルギーが感じられるように思う。話が少し逸れるが、俳句作者の間には、論を好まない傾向があるのではないか、と感じることがよくある。実作の規範とする方法を外に仰ぎ求めるということではなく（そういうことは論外として）、詩作と――俳句が短い詩であればこそ殊に――自己検証や方法模索としての批評とは、実作者個々の中で相伴って必然に発生するものであろう。俳句の伝承詩型としての論証困難の部分を踏まえてなおそう思う。鷹の行方は、そうした内側からの批評が生まれてくるかどうかにかかっている部分が大きかろう。ただ、その作業を急ぐことはしまい。

先月より連載の星野石雀氏の文章の感触は、私には目の詰まった厚織絨緞を思わせる。ただならぬ優情と鬼気が、その織目からたちのぼってくるようだ。読者それぞれの心ばえを馳せながら味わって行きたい。

（一九七六年二月）

▼宮坂静生「俳句における挨拶――『猫町』始末にふれて」、冬原梨雨次「俳句の機能と可能

性―山本健吉『挨拶と滑稽』をもとに―」の他、鳥海むねき、布施伊夜子による神尾季羊論が載る。湘子も「地名俳句」「相馬遷子氏と私」の小文を掲載。
当時、平井照敏句集『猫町』をめぐって、平井氏と宮坂氏との間で誌上論争があった。宮坂氏の近著『沈黙から立ち上がったことば―句集歴程』（毎日新聞出版）に経緯が述べられているが、要は固有名詞と挨拶に関する問題である。詳細は「鷹」旧号に拠って頂く他ないものの、平井作二句と宮坂論の結語を記す。

鯛の與謝蕪村の匂いかな　照敏
ガーベラの太陽王ルイ十四世

「ときに挨拶といっただけではすまない孤心のみえる句がないことには、その人の句に信頼がおけないという気持がつよいのである。」　静生

▼▼「わが俳人抄」―石川桂郎、秋元不死男、橋本多佳子、斎藤空華、岸田稚魚、石田波郷、中村汀女、角川源義等々の人物像をエピソードを交えて活写している。

＊

栃木へは何度か足を踏み入れる機会があった。しかしいずれも、寸暇を割いて栃木グループの吟行にお邪魔したもので、忽忙のうちに風景を一べつして帰ったという印象であ

る。飯島さんの歩かれた旧谷中村の葦原も、雨の大平山の杉も、閃光のような景にとどまるのが残念である。増山美島句集『亜晩年』の魅力は、風土からの照明だけではおおい尽くせず、美島俳句の深層のおかしさや怖しさは、風土を超えた域に至っていると思うが、増山氏の作句態度が強く己が地面を踏まえたものであることは確かだ。省りみると、桑畑もかんぴょう畑もその仔細を知らぬ私にとって、増山作品には汲み尽くせぬ魅力がある。

本号に風土に触れた発言が多いのは図らずもという訳で、特に意図したものではないが、こうした内側からの論議は、いつも建設的にプラスの方向へ考え語り合って行きたい。

（一九七六年三月）

＊

春のはじめの号に吉岡実氏のエッセイを頂戴できて嬉しい。氏の詩業については今更言うまでもないことで、氏と同じ時間と空間に生きて在ることの歓びと勇気を与えてくれる質のものと思っている。昨年の作品には、詩の中に俳句の織り込まれたものもあった。数多いお仕事の中へ割り込んでのお願いを、ここに結晶させて頂き、感謝申し上げるばかりである。

今月の特集「見ること」の発想の根は鷹に属する方ならすぐに感じて頂けることと思う

が、湘子主宰の機に触れての作句上の注意をはじめとして、鷹の中で最も頻繁に発せられる言葉の一つが「見る」ということであるのによる。こうした特集を散発的なものに終らせず、いずれ私達の作句実績を通してまとまった方向へもって行くために、一人々々がしばらく立ちどまって考えてみるのも有益であろう。

春には体内時計のようなものが微妙に動きはじめる。花開く華やかさの蔭に内面的痛みの季節の思いも濃いが、新しい気持で励みたい。（一九七六年四月）

▼「高遠の桜のころ」（後に、一九八〇年、思潮社刊の随想集『死児という絵』に収録された。）

＊

〈境涯俳句〉の特集でなく〈境涯〉についての特集であるゆえんは、〈境涯俳句〉という百パーセント既成概念に覆われた言葉を斥け、一般に〈境涯〉として捉えられているものが、私達の実作にどう作用しているかを、少々広い立場で考えてみることを意図してのものであった。しかし真摯な諸発言に接し、また自分の経験もかえりみて、〈小説〉といえば〈私小説〉を思い、作者のヘソの有無が取沙汰されるのと同様に、俳句と〈境涯〉との縁は深く、是非交々常に身に迫るテーマであることを痛感している。『俳句全景』▼に収められている湘子主宰の〈境涯〉をめぐる発言は、私達の間でしばしば話題になっているし、一月号の湘子・晴子対談には、実作に即した境涯性についての発言がある。本特集と合わせて、今一度読み返し考えてみたい。

桂信子氏の散文集『草花集』の爽かな情熱と正確な描写に感銘。新緑の季節にはぜひ氏のエッセイを、とすぐにお願いしてしまった。心から御礼申し上げたい。（一九七六年五月）

▼一九七四年九月、永田書房刊で、俳壇的に話題になった「私詩からの脱出」「境涯性をめぐって」の他、鷹の連載や俳壇時評（讀賣新聞）等を収録。

▼▼頂いたエッセイのタイトルは、「むらさき色の花」。

＊

〈都市〉は、言葉としても、この言葉の指し示す現実の場所に対しても、俳句の実作・鑑賞上の問題として殆んど鍬を入れられたことのない領野である。俳句が日本固有の風土や自然の上に成立しているという大船に乗ったような安逸感に、本特集が素朴な疑問を呈することができていればと願う。

都市は、現にその中に生活している者にとっても常に他郷の印象がある。雑沓の路地にも、無人の石畳の街角にも。——自然が常に故郷の意識を喚起するのと対照的に——。日本と西欧の都市の相違や、人による都市観の落差を超えて、結論的に言えば、都市はその調和も混乱も含めて自由と孤独の場であり、既成の美意識への挑戦を象徴するものであろう。積極的に新しい美を求める人々の憧れも代弁する。今後〈都市〉の比重は、俳句の世界でも増して行くだろう。造型芸術はもとより、詩や小説においても、都市の問題はつとに爛熟の域に達していることを考えてしまう。都市自身がすでに一つの人格の様態をしている。

（一九七六年六月）

＊

今年は寒暖の波が順調でなく、季節の推移に違和を感じるせいか、ことのほか時の流れが速い。所用の押寄せるコマ切れの時間帯へ読書の時間を割込ませるのは工夫を要することだが、楽しみでもある。何かのはずみで同じ傾向の読書が続くことがあって、連休辺りから『慰謝論』（岡井隆）、『山河慟哭』（前登志夫）、本号エッセイの佐佐木幸綱氏の『萬葉へ』等、歌人の著作を次々にひもといてきた。

見事な装いの待望の湘子句集『狩人』を手にして、あかず読み眺めている。来月号で特集の予定。一句鑑賞や感想を寄せて頂けると有難い。

新緑が一きわ匂う夜、佐々木義子さんの突然の訃報に接した。六月号にもお元気な作品が見えるのに、信じられない。五月号所載の原稿と一緒に裏山のミモザが花盛りだというお手紙があって、湘南の海とミモザの取合せを憧れていた所でもあった。心から御冥福をお祈り致します。

（一九七六年七月）

*

『狩人』は通読する度に、それぞれの句の語りかけてくるものが変容し、深まって行く。読者は皆同じような感じを抱くと思うが、本特集に『狩人』の発するさまざまな響きがとどめられており、さらに新しい響きを聞きとるための誘因になればと思う。

「何のために俳句を作っているのか」「鷹のために何をなしうるか」という、かつて発せられた湘子主宰の言葉を思い起こしたりしている。ことさら大きな経綸を語らずとも、一五〇号も近く、地に足をしっかりつけて、しかも理想は高くすすんで行きたい。

高山吟行からすでに一月余を経て、記憶はなお鮮明である。飛驒の山と町に充ちていた静かな涼気、住素蛾さん、五月愁太郎さんをはじめ地元の方々の熱意と厚情を忘れることができない。どの吟行地でも感じることだが、土地の日々の生活が、自然に歳月をかけて積み重ねてきた目に見えない秩序の匂いに、私は高度の文化を感じる。そうして、俳句という伝統文芸の根としてそれを大切にしたいと思う。

（一九七六年八月）

＊

夏という季節は重い。晩夏の頃になると葡萄の房のような重みを感じる。また、外の暑さとは別に、心はかえって冷えて行く。夏のもつ歴史の重さと、実りを願い急ぐ気持が作用するのだろうか。一五〇号を控えて、皆さんの豊饒な一夏を想像しています。

地名には日常平面にぴったり重なっている部分と、限りなく抽象化されて行く部分の両面がある。前者は俳句作者が皆風土として負い身内に養っている部分であり、後者は今日なお限りなく讃歌の捧げられている歌枕で代表されよう。歌枕は現実を昇華した詩語として、虚の存在権を持ち続けてきた言霊と地霊の巣窟である。プルーストの『失われた時を求めて』の一章〈土地の名・名〉の感性の豊かさに共感し、アンリ・ド・レニエの『ヴェネチア頌』の美と頽廃に憧れるのは、多少無責任な銷夏法的楽しさと言えるが、日本の地名はそうはゆかない。近日出かけようとしている吉野・熊野地方の、記紀万葉以来の宗教政治文学一如の歴史を少し考えるだけでも、火傷しそうな怖しさがある。（一九七六年九月）

＊

ある山の温泉で久しぶりに天の川を仰いだ。砂子のようなあるいは宝石を鏤めたような星空も久々に見た。二十数年ぶりのことだろうか。恥ずかしいような不思議な話だが、今の都会に住む大学生以下の人たちには、天の川の実景も言葉も知らない人が多いのではないか。詩語としてなおしばらく生き伸び、やがて忘れられる日もあろう。早い秋の訪れの中で、野分、花野、色鳥など日常語にはない美しい季語を口ずさんでみたりしている。湘子主宰の「自句傍見」は、創刊以来待たれていた文章と言えよう。存分に中味を汲みとらせて頂きたい。

吟行句を多く作られる神尾季羊さん、増山美島さんの文章も、まさに体験的エッセイ。嘱目吟について、実作と批評について、鷹にはいろいろな見解がみられる。〈見る〉ことと作品の関連について、今後もそれぞれの実作経験に基づいて語り合って行きたい。

（一九七六年十月）

*

しばらくやらなかった若手による座談会をもった。日ごろ私は、自分より年若い人たちは、私たちの知らない、私たちが若い時に養い得なかったものを持っているに違いないと期待しているが、今回の座談会からも充実した新しい声を聞きとることができたのではないかと思う。特に新奇なものではなくとも、広く文芸にたずさわる上で問われなければならない幾つかの命題への言及について、共に考えて頂ければと思う。何のために俳句を作るかという根本の問いの検証のために、若い新鮮な血の発言は貴重であろう。また、自己確認や他人の作品を読みとるための批評精神は、創作精神と矛盾することなく、それを支える力となるに違いないと思う。

誠実な批評精神の情熱に充ちた故深代惇郎氏の『天声人語』からの孫引きによれば「急ぐから落着いてやれ」の言葉があるという。俳句の世界を見渡すとき心急ぐ思いもあるが、それに足をさらわれることなく着実に毎号の歩みを重ねて行きたい。（一九七六年十一月）

▼大庭紫蓬、しょうり大、田原紀幸、冬原梨雨次による「俳句形式の今日と明日」。

＊

盛りだくさんな一五〇号となった。一月号で第三回春秋賞・鷹評論賞を発表するため、鷹俳句賞・新人賞の発表を例年より繰り上げた次第。入会時期による個人差はあろうが、一〇〇号から一五〇号に至る四年あまりの経過の早さに驚く。

鷹俳句賞の田中ただしさんは、創刊以来欠詠なく、いわば先頭集団にあってたゆまぬマラソンを続けて来られた方。ここ数年の作品を更めて拝見し、俳句に対する敬虔な試みと努力の姿勢に打たれた。

〈鶏頭に風吹く母のみそかごと〉〈滴りや石美しくなるばかり〉〈秋深き廃市へ戻る鍛子

着て〉などの高名な作をさりげなく含み、掌に載るような小型の句集が星野石雀さんの『薔薇館』。本号で一まず完結の「わが俳人抄」と共に、その小説的翳りと拡がりは現代の俳味を見事に創っていよう。来月号で特集の予定である。

（一九七六年十二月）

＊

一五〇号記念号が年のはじめの号となった。座談会における湘子主宰や、飯島晴子、鳥海むねき、穂坂志朗の発言からも感じとって頂けるとおり、鷹は常に初心の志を忘れてはならない俳誌であることを更めて痛感している。一人々々はっきりした創作意欲をもち、それが集って鷹という地に足をつけつつ同時に理想の高い俳誌を形成していることをいつも心得ていたい。該当作を得なかった春秋賞、評論賞の意味することについても考えねばなるまい。来月よりはじまる同人による十五句競作においても、結社によりかからず、平均化の波に流されないようどう実作において処すべきか、具体的に考えたい。今年は実作鍛練の年と受けとめている。

新年号とは言え、この後記は晩秋の大和路小旅行の帰途、車中で書いている。何度も訪れている土地だが、行くたびに初めての出会いがある。藁帽子の中でりんとした真紅の花弁をふるわせていた石光寺の寒牡丹、風のように小路から小路へ辿り歩いた、江戸時代そのままの家並の遺るという今井町。そこには本物だけが持つ静かで鋭い光があった。

（一九七七年一月）

▼実際の通巻一五〇号は、前年の十二月号である。

▼▼新作三十句による競作（現在は星辰賞と改称、二十句に改変）。

＊

一月号の座談会でも、昨秋の同人総会でも発せられた湘子主宰の言葉の一つに、情報過多時代、解説時代というのがある。自力で考えることをしないで、何でも外から与えられる既成の情報に頼ってしまう精神の脆弱さへの警告であるが、多忙の連続の中でこの言葉が厳しく甦る。情報過多であれ、平均化の波であれ、その中に巻き込まれてしまうと、幽霊のように足がなくなり、自分という実体を見失う。創作精神が喪失するのは当然であって、この流れに抗するためには、ことに当って身を処すごく初歩の心構えと意思の強さが必要と思う。今年の誌面には、先号座談会で終始語られた作句の根本の心構えに、一人々々が応え処するありようの具体化を載せて行きたいものである。

鷹十余年の歩みの中から誕生した宮坂静生氏の評論集『夢の像』に拍手を贈りたい。誌上で個々に接したときには気づかなかった著者の一貫した批評の姿勢を感じる。理解と創造、帰納と演繹、独断と公平等のあわいに危く均衡を保って成立する批評の節度。実作者でありつつ批評を書くことは誠に厳しい道程である。湘子作品の読みの更なる深まりを始め、今後に大きく期待したい。

（一九七七年二月）

*

飯島晴子さんの第二句集『朱田』が寛やかな美しい装丁で登場した。現代という、その中でもまれていては捉え難くしかし蕪雑で浮足だったものと明らかに感じられる世相の中を、真摯に、聡く、一つの文化と呼ぶに相応しい力と感性をもって歩む一女人の織りなした言語芸術。既成の観念語で語るとよそよそしくなってしまうのが残念だが、そんなふうにでも讃えたい。鷹や総合誌上に見られる飯島さんの、文学の基盤の心構えを語る啓蒙的発言は、力ある実作者の痛切な危機感に基づくものと受けとめる。『朱田』を読む喜びに合わせて、俳句を書くことの何たるかをわがこととして考え直したい。

御多忙を割いて本特集に協力賜った『サフラン摘み』の吉岡実氏、飯島作品と常に同じ地平を望み見ておられると考えられる永田耕衣氏、に心から御礼申し上げたい。

星野石雀、宮坂静生両氏の捌きにより始まった連句会に積極的に参加願いたい。誌上連句のことは湘子主宰の胸にも久しくあたためられ語られてきたことである。素人の感想としては、連句は日本語の美質を最高に発揮できる緊張の場と思うが、伝統回帰とか連帯性回復とかの安易な掛言葉とは関係なく、とにかく、参加することで清新な鷹歌仙を編みだしたい。個の俳句の創作のためにも有益なはずである。

（一九七七年三月）

▼吉岡実「『朱田』愛着句抄」

▼▼永田耕衣「妙体の感――飯島晴子『朱田』拈弄」

▼▼▼葉書使用の文音による脇起歌仙二巻がスタート。二年半掛けての満尾後のそれぞれの表六句を紹介しておこう（「鷹」一九七九年九月号）。

脇起俳諧「枯木」　星野石雀捌

葱買て枯木の中を帰りけり　蕪村

少しゆるみし寒の水嵩　竹芳

藁しべのひとすぢに事はじまりて　聆古

仕方ばなしに風のあひづち　英政

ビル街にいざよふ月のうかんむり　多津子

秋雷のごと紙マッチ擦る　春眠子

歌仙「孔雀より」　宮坂静生捌

孔雀よりはじまる春の愁かな　湘子
水面にたまるたんぽぽの絮　正二郎
大学祭人形劇の幕下りて　綾子
急に増えたる占ひの客　薫
腰長押くすり袋に月が射し　愛子
こけしの轆轤廻すやや寒　正人

*

飯島晴子さんの「季と言葉」は、昨年夏の昼下りに一時間余にわたり語られたものをまとめて頂いた（現代俳句協会における講演）。そのとき、これはぜひ鷹の方々にも、俳壇全体にも聞いてもらいたいと思った。活字になったものに接して更めてそう願う。読んで頂ければわかることだが、つとに、考え指摘されていなければならなかった〈季〉についての、今の時点における当然の論である。ただ、当然問われなければならないことが、不思議にもいつも避けて通られるか、悲しいまでに皮相的にしか語られて来なかったのである。そのことに正面から取組み、作句経験に即して緻密・適確に書きこまれている。熟読をお願いします。

三月号の「俳句」(「俳句の未来」特集号)には、湘子主宰が飯島耕一氏、佐佐木幸綱氏と共に〈定型の未来〉を語る座談会がある。現在の俳句の様相を見渡しつつ、鷹に寄せる願いと意欲が語られる。また、珍しく自句創作の機微と抱負に触れた発言もある。これもよく読みこみ、皆で考えたい。大雑把な感想だが、このところ、俳句は折返し点というか、ある程度の爛熟を経て、自己検討の時期に到っているようだ。季・定型・言葉等今後具体的に取り組んでみたい。(一九七七年四月)

*

冒頭から私事を述べることをお許し願いたい。全くの私事とは言えまいが、昨年末から今年にかけて、遠く近く師と仰いできた三人の方の訃に接した。お二人は文学者・思想家として著名であり、お一人は国文学の恩師である。三氏の間には何の繋がりもなく、またお一人は著作に親しんできただけなのでおこがましいのだが、私にとっては、社会的なことであれ、私的なことであれ、ことの決断に当って、三人の先生ならどうされるだろうと考えるのが常であった。共通しているのは、思想と日常坐臥が一つであることであり、それぞれの自律的な志の角度に共鳴していたのだと思う。いずれもお仕事が完結を得なかったのは無念である。人の死に接する分だけ、こちらは素手で生きねばならぬ寂寥を感じている。

坪内稔典氏の〈戦後の俳句像〉は、主要な句集数冊に焦点を合わせて、文学史全体の展望の中に戦後の俳句の姿を浮き上らせようという意欲的な労作である。しばらく連載となるが、新鮮な視野による展開を期待したい。

清冽な叙述性によって存在の深淵を見定める吉野弘詩集『北入曾』をめぐって、著者と平井さんとの間に挨拶の交される誌面となった。これは、編集者の意図しない偶然であって、目に見えぬ詩的交歓の糸の貴重さを思うことである。

（一九七七年五月）

▼三先生の御名前を感謝をこめて挙げさせていただく。

・森　有正　近所の古書店の書棚を眺めていて『流れのほとりにて』（一九五九年、弘文堂刊）の背表紙に、烈しく眼を射抜かれたのに発する。

・竹内　好　中国文学者・評論家。魯迅の読者の会のお手伝いをしていたことがある。

・佐藤信彦　折口信夫の高弟。卒業論文の指導教授。文学全般について折に触れ御教示頂いた。

▼▼「『遠星』論」（五、六月号）、「『惜命』論」（九、十月号）は、後日、『過渡の詩』（一九七八年九月刊、牧神社）に所載。

＊

東京例会というのは「鷹集」の縮刷版を見るような気がする。他の結社のことは知らないが、『龍太俳句教室』という雲母句会の講評速記がそのまま本になったものがあって大変楽しめるところを見ても、どこの結社でも例会は役に立つものらしい。効用はいろいろあるけれど、言ってみれば、鷹の活字に活動写真が入り、音声が入って、テレビになったようなわけで、自分の句の欠点が白日の下にさらされ、師や句友の評を浴びるのが一番為になる。それは他の人の句についても言えるわけで、三時間程の間に現在の鷹俳句の長短のエッセンスを身に浴びるわけ。当り前と言えば当り前で、今日俳句を始めたばかりの者のような感想であるが、思えば思う程、他の文芸では考えられない不思議な〈時間帯〉である。まだ来られたことのない旧人・新人方、名師、名司会者の例会に来てみて頂きたい。ただ困るのは、テレビばかり見て育った子供は失語症に陥るというが、毎月生(なま)の画面に接するため起る慣れの陥穽である。受身の慣れは怖い。無意識のうちに、自分の言葉を失うのである。俳句とは飯島さんの文にもある通り、既成の本意との自分だけの格闘である。懸命にやって本意をなぞっていたのでは悲しい。いつも初めて句会に出る若者のような怖れと閃きを持っていたいものだ。

（一九七七年六月）

*

少し季節のずれる話になるが、今年は奈良公園の藤のさかりにめぐり合った。濶葉樹の巨木にまきつきながら上へ上へと伸び、先は青空に輝き、下枝は葉がくれにびっしりと房を垂れる。芳香も五百メートルはとどくだろうか、距離をおいて眺める紫のマッスに目を見はる。ただ不思議なのは、連休の人波がありながら、これらの藤に立ちどまる人の殆どいないことである。すぐ側の春日大社にある、藤娘の書割のようにしつらえられた名木の下には観光客が溢れているのに、目を横に向けさえすればいいこの自然のままの藤には気がつかない。花の美までが、お子様ランチのように規格化されたのだろうか。

「だれに教えられることもなく、内発的に、うつくしい風景を見るのが好き」(高橋たか子)という言葉に共感した。外界の美に自己の内面が感応するのは、深く一筋沁み通る光のような内観的なとでも言える喜びである。

最近の眼福の今一つは、来日したルノー・バロー劇団の公演である。詩の朗誦を含む全演目に接したが、本号特集〈かたち〉にちなんで言えば、この夫妻の演劇に捧げた人生は、心と言葉と肉体による〈かたち〉との格闘と言えよう。彼らは日本という異質な文化の〈かたち〉に敏感に反応しながら、自分達の円熟した〈かたち〉を烈しく謳いあげていたと思う。

(一九七七年七月)

＊

吉野山吟行会は、地元の御尽力と参加者の熱意とによって大いに盛り上った。年々人数が増えて、全部の方と意を尽くした話合いのできない悔が遺るほど。だが、散会後じわじわと感銘が深まるのは不思議である。飯島さんは宮滝から喜佐谷を登って来られたという。国栖まで行った方、五条辺をさまよった方、長谷や當麻を訪れた方、鑑真和上や、秋篠の伎芸天にまみえてきた方、と途中の道程はさまざまだが、竹林院に会しての思いは一つだろう。俳句作者として個であり、孤であることと、結社の一員であることとが鷹では矛盾しないし、それを常に鷹の特徴とし、信条として行きたい。

吉野は歴史の厚みか、地形の故か、訪う人を奥へ奥へといざなう。竹林院の庭や、西行庵に佇てば、遥かな山脈へ吸いこまれそうな気がする。遠い昔に重ねられた吉野御幸や熊野詣の真因は知るべくもないが、熊野へ続く山々へ、しばし憧れの血を重ねてみる。私の辿ってきた宇陀野、鷲家辺の、人影もまれな深沈の気配と共に、私達の詩心を支える不変のものに思いを至す。

定型をめぐる考察は、先月号、今月号を見ても、興味をそそる多様な局面を展開しそうである。俳句と〈かたち〉志向は切り離せない。何事もそこから始まる大きな問題だが、しばらく沿って行ってみたい。

（一九七七年八月）

＊

「盛大に暑いですね」と話しかけられたことがある。盛大という形容がふさわしいかどうか知らないが、盛大な夏という感覚は好きだ。人間の夏バテはともかく、草木虫魚の類が大変活動的になるのが気持よく、こちらも積極的にならねばという思いに駆られる。国電の線路の際まで昼顔がむらがり咲き、炎天下にも茄子の花はすずやかに開く。個人的な好みかもしれないが、道をテンポをとらずにゆっくり歩く人に私はどうも同調できない。何ごとにも活力的に前進していたいと思うし、自作のことから俳句界全般に及んで、生き々々とありたいと願う。

暑いさ中の座談会「『季語別鷹俳句集』▼について ― 歳時記のこと季語のこと」だったが、ご覧の通り、多彩で、さりげない発言にもいろいろの奥行が感じられる。『季語別鷹俳句集』の意義を汲みとって多数参加して頂きたい。座談会にはさまざまな問題提起があり、たとえば、季語のことも正面から取組まねばならない時期に至っていることを感じた。

坪内稔典氏の「『惜命』論」は、考えてみると鷹誌上ひさびさの波郷論の登場である。波郷作品に迫る的確独自な〝読み〟の姿勢に更に次回を期待するが、人間探求派なるものの本格的な検討は鷹の一番の課題と思う。

（一九七七年九月）

▼十五周年に向かって計画された季語別アンソロジー。二年にわたり編集作業が行われた。

＊

「サムサノナツハオロオロアルキ」という宮沢賢治の詩句が口の端にのぼる。関西は琵琶湖も干上る旱天というが、二十日も降り続いた関東の雨はただごとでない感じである。夏は明快で活動的である反面、心の闇といった思いの深い季節である。そんな日、稲葉ふみ江さんの突然の訃報に接した。生前のにこやかな面ざしを思い浮かべつつ、御冥福をお祈りするばかりである。

旅好きの血に駆られて、十日余りパリ近郊と北フランスへ旅をした。国内の旅でも味わう開放感と緊張と出会いの喜びは、異国において更に強まる。殊にフランスは、人事万象のこ、と、わ、りのあらわになる所。整理し難い程の出会いがあったが、その一つにシャルルヴィルがある。ランスへ聖堂を観に行っていて気づき、そこから一時間余でベルギーに近いこの街へ行けるとなれば、足を向けざるを得ない。ランボーの生家を見、ムーズ川を見、街の広場を見、百年一日だろう地方都市の典型を垣間見る。ミュゼと称して並べられていた手稿のコピーや、母から片足切断を前にしたランボーに打たれた〈アス着ク勇気ト忍耐ヲ〉の電文を見、親切なタクシー運転手の「今度は美しいムーズの流域を観にいらっしゃい」の声を背にして、詩人の眼の原点と、その後にある日常性の原点とに眼がくらむようであった。

（一九七七年十月）

＊

安曇野は鷹の誰にとってもそうであろうが、なつかしさを喚起する土地である。それは何よりも『白面』その他に見られる安曇野で生まれた湘子作品によって、更に座光寺亭人氏をはじめとする長野県支部の方々の作品によって。そんな中で、京谷圭仙さんの作品も、早い時期に私の胸にとびこんできたように思う。支部結成の時松本で初対面、お人柄の切なる純粋性と情熱が忘れ難く心に遺ったが、続いて第一句集『道』を拝見、その後白馬で催された鷹吟行会の途次、圭仙さんの面影と二重写しのようにして梓川村を見たい、常念岳を仰ぎたいという希いに駆られたものである。大糸線の小さな駅に途中下車、常念岳とおぼしい頂きが、雪を遺したまま空に溶けこむように淡く泛んでいるのを見た。『道』には、愛誦する歌として〈遠山にかがよふ雪のかすかにも命を守ると君に告げなむ〉（芥川龍之介）の一首が特に掲げられている。今回の『幻火』の中に燃えている祈念も全く同じであり、その念いが一句々々において完結した表現を全うしていることに感じ入っている。

（一九七七年十一月）

▼東京出身。戦後、女医として安曇野に定住された。

*

望月、海野、これらは上田に近い宿場町の名前である。一昨年木曾吟行の際訪れた妻籠や奈良井と較べてみる興味もあって、半日程駆足で通り過ぎてきた。しかし、このあたりの中山道、北国街道はびっしり舗装され、格子作りの家々は車の埃と震動に耐えられないで、大半は取壊され、遺るものも軒は傾き障子は破れ、無人に近い荒涼の様を呈していた。古い景物の美しさの変わらずに遺ることを私も強く願うけれども、それが人々の日常の営みと乖離する時、どうしようもない凍ったような形骸に化すことを思った。

それに比し、性急には語れないが、東京の街の粗雑さをもともと私は嫌いではない。最近は殊に、無秩序を抱えこんだまま、都会らしい無機質の整いを示してきているように感じることが多い。文化は保存されるものではなく、常に創られて行くものであろう。

こういうことから俳句の伝統性と今日性といった方へ話を運ぶのは、これまた性急に過ぎようが、年の瀬を迎え自然に鷹や俳壇全体の作品が今抱えている伝統詩型としての問題点へ視線が向く。具体的には『季語別鷹俳句集』とも関連して、季語や定型、文学性と俳諧性といったテーマが脳裡を去来している。一人々々の実作エネルギーと問題意識によるしかないが、来年は大切な年になるだろう。

（一九七七年十二月）

＊

このごろ俳句について一つの素朴な感想が湧いてきている。「俳句形式はなぜ他のジャンルからどう見られるかを意識するのですかね」という発言に接したことがあるが、実際俳句ほど、己が詩型のありようを厳しく問い続けてきた形式も珍しいであろう。俳句の批評や鑑賞のほとんどは方法論であって、内容に及ぶことが少ない。言語芸術において方法と内容は不分のものであるけれども、小説はもちろん、詩や短歌においても、何を書き得ているかが評価において問われることが最も多いのではないか。俳句は短いがための易しさと難かしさ、大衆性と高度な詩性の両面をはらむ不安定な詩型であるゆえに、厳しく形式を責めることになるのであろうか。ともあれ、実作者としては、その不安定性のはざまに身を据え自らの様式と内容を定着させねばならないだろう。その上で、互いに内容を読みとり合うことができればいかに楽しいか。もちろん、内容とは作品から日常平面の事実を知ることではなく、作品の発する詩想といったことである。昨今の俳壇は、そうしたことのできる状況には程遠いようだ。鷹作品の一様でない多彩さには、方法的苦闘を論じつつ、同時に内容を読みとり合う喜びの可能性があるのではなかろうか。

今年は、大きな問題にも正面から取組む年としたい。

（一九七八年一月）

＊

この数年鷹誌上ではいろいろなテーマの持集を行ってきた。人間探求派の再検討からはじまって、俳壇をにぎわし、鷹でもいまだに取沙汰されている〝わかる、わからない〟の問題、境涯の問題、写実、見ること、昭和一桁や戦後世代などの世代別特集等々。いずれも、答を出さないままに移行しているように見えるかもしれない。しかし、これらのテーマが一つの定義に収斂できるものでないことは、言うまでもなかろう。間口が広くなろうとも、このままの姿勢でこうした問題意識を抱えたまま進みたいと思う。

ところで、昨今私たちを取りまく話題の中で一番興味を引くのは、〈俳諧性〉と〈詩性〉の問題であろう。考えてみると、鷹でこれまで扱ってきた問題も、その底に、あるいはゆくてに常に現代における〈俳〉とは何かの問題をはらんでのことであった。先号本後記に書いた内容のこととも関連してくるが、一つの現象的な例として、作者にとっては自明であるらしい俳味が、読み手にとってはその自明さ故に何ら〈俳〉を感じさせないといったことがよくある。とにかく、既成の俳諧ぶりが真の〈俳〉でないことは確かだろう。

『現世』の田中ただし作品〈蓮掘の尻へふわふわ老太陽〉〈春暁や柩に母のゐる不思議〉〈研ナオコ唄ふ月夜の蕗光る〉などや、鷹俳句賞の細谷ふみを作品〈病人のからだを嗅ぎぬ冬の雁〉〈駈けてゆく女こどもや浮氷〉〈暑き日や虫の顔して厠より〉などに現代の俳諧ぶりがあるとするなら、それは既成の俳諧性への生き々々とした抵抗の故だろう。

（一九七八年二月）

＊

教育テレビの日曜朝十一時からの番組「日曜美術館」は寝坊の私にも楽な時間なので、たいてい一所懸命観る。ときには夜の再放送をまた観ることもある。毎回古今の画家一人を取上げ、ゲストがつくが、比較的新しい近代以降の画家の場合には、親しかった友人が回顧談をすることが多く、それが一番面白い。今までに観た中では、関根正二を語った今東光の友情溢れる話など印象に残っている。貧しかった彼に朱の絵具をもっと与えたかったという話や、彼の父親が某日、坊ちゃんの家の番頭だと偽って息子の寄偶先へ菓子折を持って挨拶に来た話など。

私がこの番組に興味をもつのは、何よりも画家の自己形成の過程を垣間見ることができるからである。虫が蝶になり、ただの鳥が鷹に化すように、画家達は一様にある時点で独自な自己表現を確立する。今回登場した靉光の場合も、漠然とシュールレアリスム風の画家とだけ思ってきたが、ゲストの言によれば、その様式は描写を超えて〈表現〉そのものとなっているのであり、そこに至る習練と苦闘を画面は写し出していた。ある日部屋隅で「絵がかけない」と言って涙を落としていたのが、奥さんの見た唯一の涙であったとか。俳句形式のリゴリズムにも、単なる習作を超えた〈表現〉を確立するまでには「俳句がかけない」嘆きを迫ってやまないものがある。

（一九七八年三月）

＊

ヴァレリー・ラルボーというフランスの作家に『罰せられざる悪徳・読書』という著作がある。短いもので記憶に誤りがなければ雑誌「ちくま」に訳文が載ったことがあり（単行本も出たが）、原書も持っているはずだが、今隣室の本棚の埃の中からそれを探しだすのは、それこそ書物の毒に当てられそうなので想像するだけにしておく。確かに読書には人を魅惑しうつつを抜かせる隠微な魔力があるようだ。何に対してであれ淫することは多少の悪徳感を伴う快楽だが、少々考えてみるに、句集を読むことには淫するという感じがないように思う。それに反し、歌集には人をのめりこませる性格があるようだ。今手近に齋藤史歌集『ひたくれなゐ』や『山中智恵子歌集』などがあるが、読み始めると忽ち連綿たる調べと華麗なイメージの擒（とりこ）にされてしまう。女流歌人の作品に特にその傾向が強いのかと思うが、俳句には短歌とは対照的に、作るも読むも、一発勝負といった趣がある。言ってみれば男性的であり、王朝以来の伝統を担う歌に比して女流俳句の歴史の浅さを思う。

俳壇と言わず鷹でも女流の句集の刊行が続くが、句集を第一次の達成として、これからどういう未踏の領域が拓かれ、どういう女流俳句史が書かれて行くか、ぞくぞくする程楽しくもあり苦しくもあるといった感じである。

（一九七八年四月）

＊

いわゆる〈民芸〉についての知識は持たないし、民芸品と称して大量に売り出されている物に対しても特に興味は抱かない私だが、先頃亡くなられた益子焼の浜田庄司氏の言葉の一つが印象に残っている。何という手法か、大皿に杓で釉薬を流して線描の紋様をつける、その作業に際して発せられた、この一瞬に、自分の数十年の時間の重みがかかっているという意味の言葉である。こういう類の言葉はどうしても俳句の性格に吸いついてくるのだが、俳句は切り捨てる文学と考えられる一方で、一行に一切が集約されているとも言えよう。読み手に豊かな連想の拡がりを与えてくれる作品は、作り手の側の多量の経験の重みが作用・集約して成立した作品であろうと思う。

伊藤四郎句集『木賊』の一頁一句組、前歴一切省略の切り捨ての見事さ、また小原俊一句集『木曾』の全句自筆印刷という執念、ここにも両氏の豊かな経験の、一点への集約を見る気がする。

七月号には、二十代特集を組むことにした。すでに相当句歴のある方からも、登場間もない方からも、思い切った発言を聞きたいものである。

（一九七八年五月）

＊

一昨年から今春にかけて四回程、イタリアのピアニストＭ・ポリーニの演奏を聴いた。来日の度にたかまる人気と讃辞に必ずしも便乗したわけではなく、初来日の時何の先入感もなく聴いたシェーンベルグ等の現代ものの演奏に魅せられてしまったからである。いわゆる現代音楽がまことに現代に生きる私達の琴線をふるわすものであることを、その時初めて体験したのである。それまでの私の音楽愛好はロマン派どまりであったのだが、それらが要するにうたう魅力に支えられているものであり、私の心がその〈うた〉と共に漂っていただけであることに気づいたと言えよう。ポリーニはロマン派の作品を弾く時も、予定調和的に情をうたうことをしない。正確に譜面を読み、天与の才を無機的情熱をもって鍵盤にぶっつけ、結果として〈うた〉を顕す。この特質が現代ものにおいて最も発揮されるわけで、文学の面にも通じるだろう。美的感動の質が時代によって変遷することの一例かと思っている。

昨今の俳壇のトピックと言えば『現代俳句全集』（立風書房）の完結、大岡信氏の著作

『うたげと孤心』（岩波書店）の標題が示唆する群と孤、詩と俳の問題等々であろう。鷹は閉鎖的な結社誌ではなく、広く周囲の問題へ目を開いている俳誌である。今後こうした問題を逐次着実に取上げ考えて行きたい。

（一九七八年六月）

＊

一五〇名が参集、熱気に溢れた尾道吟行会が終った。鷹の行方への希望と、地元のご尽力への感謝とで皆胸一杯のことであろう。私事にわたるが、私は四歳から二十歳までを尾道と倉敷の間の福山で過ごした。血縁の地ではないので訪れるのは十余年ぶりであったが、セーラー服の昔の自分が目に泛ぶような場所、たとえば福山の芦田川畔に飯島晴子さんが佇っておられたり、倉敷の大原美術館の前で服部圭伺さん、宅和清造さんと出会ったり、尾道の文学碑の蔭から椰子次郎さん、沢鳳太さんが現れたりすると、時の流れというか、昔のままの風景の中に、鷹と共にあることの運命のようなものを実感できて、思いも寄らなかった程感傷的な気分にさせられた。

時の流れと言えば、〈二十代の発言〉の原稿をまとめつつ、三周年記念号に〈二十代作家特集〉の組まれていたことを思い出した。今開いてみると、この時の参加最年少は昭和二十二年生れ、年代的にはちょうど今回の特集へバトンタッチされているわけである。内容的にもバトンタッチ出来ているかどうか、青春には不変の部分と時代の風潮に敏感な部分とが同居しているという当り前のことをはじめ、様々の興味が湧く。ただ、一つ今回痛感したのは、ものを創る若い世代は退嬰的であってほしくないということである。

（一九七八年七月）

*

今年の梅雨は陰うつに降りこめられることが少なく、真夏のような日射のまま明けようとしている。そのためか美しい紫陽花に出会うことが少なかったように思う。紫陽花は私の好きな花の一つで、〈紫陽花やかたちはなれど白ばかり　水巴〉から〈うなそこのごときゆふぐれ四葩咲く　湘子〉を経て、〈紫陽花に秋冷いたる信濃かな　久女〉の様子も〈木の葉髪あぢさい（ママ）枯れて姿あり　蒼石〉の状態も全部が好ましい。ただ、緑の葉がくれに七変化の海の色を見せる風情のため、暗い印象が通念になっているのではないかと思っていたが、小さな花の集合が繁栄にたとえられることもあるのを知り嬉しくなった。また、フランス、ブルターニュ地方の入口の港町サン・マロ附近で、白い家々の玄関先に濃い桃色の紫陽花がたくさん植えられているのを見たのも楽しかった。しかし、好きな季語は内部燃焼に時間がかかるのか、未だに私は紫陽花の句を作れないでいる。

先月から登場し始めたイメージの問題は、しばらく追ってきた季語の問題と共に俳句とは切り離せまい。季語が言葉の情緒にかかわるとすれば、イメージは俳句の造型性にかかわる。二十代の発言にも、言葉の自律性への関心、内容の新しさ志向と並んで、イメージ重視の傾向が濃く見られると思った。

（一九七八年八月）

＊

阿部完市さん、飯島晴子さんの対談は、充分味読して頂きたいものです。俳句に、〈現代〉という語を冠することについてこの頃取沙汰されていますが、実作者にはいまをしか書きようがないし、いまはうしろを向いているのではなく次を見て動いているのは当然でしょう。もっとも、いま、現在、現代を書くには内面的にも外面的にも土壌を持たねばならず、深い根がなければ樹も茂らず花も咲かないことは、湘子主宰の〈愚昧〉という語の設定とその希求にも通じることと思います。

夏にはなぜか戦後の歳月を顧ることが多く、大きな話になりますが、この三十余年、民主主義とか文化の掛声とは逆に、私共の周囲には地についた生活感が失われ、一人々々が内面を耕すことを閑却して行くように思われてなりません。俳人もいつの間にか、既成の〈俳人〉という鋳型にはめこまれて行くのではないかと思い至り、慄然とすることがあります。鷹は鋳型を拒否したいものです。

（一九七八年九月）

＊

読書の秋といわれる季節を迎えたが、ときどきたずねられて返答に困る質問の一つに「どういう本を読んだらよいか」というのがある。思うに、本とは出会うものであって、教えられたり指示されたりするものではなかろう。本との感動的な出会いは、いつも、偶然だけれど自然な運命といってよいようなかたち、ちょっと恋愛に似たかたちで果されるので、その出会いがそのまま他の人にも同じような感動をもって起るとは考えられない。出会いと呼ぶにふさわしい読書経験はいくつかあって、それらについて縷々語ることはできるけれども、何か惜しい気持、恥ずかしい気持が伴う。それに、当然というか、残念というか、そうした本は俳句とは直接の関係をもたない。しかし、俳句を作る私の全身を大きく外側から包み、ゆさぶっていると言えよう。

作句作業は、作者にとって部分をもとめる作業ではなく、その人の存在というか全部にかかわるもの。俳句作品や研究書を読むことも含めて、読書もそうした大きな視点で受けとめていたい。俳句を日常生活の一部分として考えることは、俳句を趣味性に直結することになってしまう。軽みというような命題も、初めから根もなく軽々しくということではあるまい。表現の基盤は広く深くありたいと、当然のことながら願うのである。

（一九七八年十月）

*

『季語別鷹俳句集』の計画に因んで季語の特集を始めてから一年が経つ。誌上に載ったさまざまな意見を振返ってみて、当然のことながら、季語が初歩的にしてかつ究め尽くし得ない大きな問題であることを、身にしみて感じている。実作者にとって季語は、一人々々ヌキサシならぬものであり、一般の俳句愛好者が、歳時記を読物として娯しんだり、季語を通じて薄れつつある日本の季節感や風土の匂いを懐しんだりする気分とは、かさなりそうもない重さをもっている。俳句鑑賞に際して、実作者の間でも取沙汰される季感云々の問題と、〈季語〉が実作に直面した際私たちに迫る重さとの間にも、かなりの落差があるようだ。「秋冷の候」などと手紙の季節の挨拶に用いられるのをはじめ、エッセイや小説の書き出しや締めくくりにも、季語的情緒を担った自然描写が多く登場するなど、季語はたしかに、日本の生んだ見事な文化現象の一つに違いない。しかし、実作者としては、それだけでは割り切れなくて、何よりも当人の言語観にかかわる部分が多いのではないかと痛感している。ここは季語を論ずる場ではないけれど、季語のもついわば本意に対して、受動的であるべきか能動的であるべきかと言えば、俳句本来のありようとしても、鷹の志としても、能動的でありたいと思う。

（一九七八年十一月）

＊

今年はよその結社誌を比較的たくさん読む機会に恵まれたが、最近の総合誌の作品も含めて、作品の評価とは別のことで気のついたことを一つ。それは旅吟の多いということ。そうして印象的なのは、旅吟地の登場回数のベストが近江と吉野であること。大勢に従っているつもりはないのだが、私もこの夏には大津、信楽、朽木へ、またこの一両年の間には、湖北へ三回、鷹の吟行を含めて吉野へも三回出かけた。机の前で俳句を案じ、日本の山野へ思いを馳せるとき、足を向けたいのはなぜか近江や若狭、大和、吉野、熊野等に限られる。他の作者の場合は知らず、私自身はどうも、ただ美しい山や広大な原野があるだけでは満足できず、ごく普通に人々の生活（たつき）が営まれ、人と自然が調和してその土地固有の匂いを発散している場所に魅かれるのである。ともかく、手放しの自然にではなく、人の思念のこもった風物にこそ、俳句という伝統詩型を拮抗させる甲斐があり、触発されるものも多いと思われるのである。

（一九七八年十二月）

＊

気持よく鷹十五周年の春を迎えられたことと存じます。十五年の歳月は長くも短かくも思われ、格別過去を顧る感慨は湧かない。しかし十年というはじめの区切りを五年越えた分、雑誌や結社にしても、個人のありようにしても、よく言えば伝統、つまりは固定した部分が出来やすい時期であろう。今年も、いまの編集・句作に努めるしかないが、固定化を警戒しつつ、十五年の歳月のもたらすバックを尊重して、意義ある誌面を作りたい。

　鷹俳句賞、新人賞はご覧のとおりのにぎやかさである。各氏の熱気をたのもしく思うし、こちらの意欲もかきたてられる。十五年を経てなお新しい俳誌ということであろう。言い古されたことだが、詩型は小さくとも志は高く、豊かな俳誌にしたい。十五年には、十五年目の華（はな）というものがあろう。それがどういう形で花開くか楽しみである。

　塚本邦雄氏より、十五周年に当り一年間の連載評論を戴くことになった。氏の仕事については、今ここで更めて紹介するまでもあるまい。俳句に対する読みの深さ、鋭さも、つとに知られるところ。現代という時節は、読み手も書き手も様々な芸術・文芸ジャンルの接点に身を置き、自分の詩を作らねばならない状態にある。氏の豊饒な懐からどういう啓発されるものが出てくるか期待していたい。

（一九七九年一月）

＊

これも鷹の実績を示すものでしょうか、鷹作家の句集が次々に登場し、誌上でもしばらく句集特集が続きます。今号は細谷ふみを句集『夜空』特集、氏の仕事がまことに作者の身に即した着実な書き方であることに感じ入っています。かつて湘子主宰の細谷作品評に〝現代の俳諧を行じている〟という趣旨の言葉があったと記憶しますが、特集の頁を通じてその辺の意味を共に考えてみることも大切でしょう。現実の夜空も、都会では天の川も星も見えなくなりましたが、無限の宇宙を秘めているし、限りない連想を呼ぶメルヘン性もあることなどを思っています。

細谷作品とは別に関係ないことですが、私は星たちよりも、真昼の紺青の空と、またその象徴する明晰性を愛してきたようにふと思い到ります。旅でも北の灰色の海ではなく、南の輝く海を志すというふうに。これは少々俳諧性を外れた志向のように直覚しますが、自身の本性の欲求に忠実であることが創作の第一義と一応肯っております。

今日の俳句、またこれからの俳句は在来の、先入観としてある俳諧性では割り切れないし、先行の業績をなぞることだけでは片づけられないでしょう。今の俳句が何であるかは、私達が身をもって行じた結果としてだけ顕つものであり、鷹はその最前列にいたいものと更めて思います。

（一九七九年二月）

＊

一月のおわりの今日、東京の夜は雨の音。先日も、霙が雪になったと思ったら、夜半にはもう雨の音に変わっていた。雨、風、雪の中では、何と言っても雪の音がいい。そのかそかな音を伴奏に、東京の雪には適当な憧れをそそるものがある。年に幾回か眼にすることができるという現実感と、雪が、数時間か数日か、見慣れた景色に化粧を施して非現実の美を見せてくれることがあるからだろう。ボードレールならずとも抱く〈この世の外のどこかへ〉という心の底の願望を、雪はかりそめながら果してくれるようだ。

東京あたりでは終始美である雪も、しかし、雪国では悪夢のような面を持つらしい。今年は幸いまだ豪雪のニュースを聞かないが、雪との苦闘の有様は、上越市（旧高田市）在住の吉田文二さん達から毎年のように聞かされる（それにしても、よく言及されるとおり、上越という地名の殺風景なこと。私の世代では、雪と高田という地名とは切り離し難く子供の時から心に刻まれているのに）。鳥取の服部圭伺さん達からも雪と寒気の厳しさを聞くことがあり、それらは、ついと、私の美的連想を押しとどめる。この号の出る三月、桃の花や若草の季節、鷹の本格的な始動期である。湘子・晴子対談等熟読して、個々のエネルギーの蓄積と発揮に努めたいものである。

（一九七九年三月）

＊

〈春櫟夢見つづけて五十過ぐ〉を含む湘子作品のゲラを見るのを最後に、三月号の校正を終り、〈夢みるによし冬しだれ木の中は〉と詠う飯倉八重子句集『草眸』特集の原稿整理をして四月号の編集を終えたところ。毎月、校正と、翌号のまとめと、翌々月の企画という編集の三つの仕事がピタリと重なり、ガムシャラなエネルギーの投入を要求される幾日かが必ず訪れる。その時期には、他のことに対しては、心ここにあらずの顔をしていることであろう。またこの編集の最多忙期には、鷹投句のための作句時期がぶつかるわけで、ますます他の人には見せられないような形相の日夜を過ごすことになる。これは愚痴でも反省でもなく、鷹と共に歩んでいる私の当然の日常であるのだが……。

一体私は、過去を顧みてなつかしむ習慣をあまりもたない。ただ十五周年等と言えば、茫々たる時の流れに思わず驚かされる。「夢見つづけて」と詠う湘子が三十代に創刊した鷹に、約一年半後に初投句。動機と言えば、鷹が今日の俳句の正道を行く俳誌であるとの直覚によったとしか思い出せない。以来鷹の夢に自分の表現欲と夢を重ねて過ごしてきた十余年であった。ほぼ相共に歩んできた二女流の句集特集を終え、私共の夢も一つの曲り角ないし見直しの時になっているのではないかとまた先を夢みている。（一九七九年四月）

▼三月号で飯名陽子（遠山陽子）句集『弦楽』の特集を組んでいる。飯倉八重子、飯名陽子

両氏とはずっと親交があったが、飯倉氏は昭和五十六年七月十五日逝去。遠山氏とは今も句会をともにしている。

＊

関東に住んで美しいと思う樹は、何と言っても欅である。中国地方に育ち関西方面に縁の深い私は、長じるまで欅や雑木林の四季を通じての美しさを全く知らなかった。東京の西郊いわゆる武蔵野の住宅地の中に点々とある煙るような林が、消滅してゆくのは淋しい。今度移った七階のわが住居は、東方遥かに新宿の高層ビルを望み、屋根の連なりと灯の海だけが眺めだが、南側に一本大きな欅がそびえていてほっとする。寝坊の私は鳥の啼く朝の景は知らないが、夕暮の欅のさびしさを絶品と思いこんでいる。芽吹の薄緑すら哀しい色に染まり、樹の後に灯のつき始める様はこの上なく安らかである。

関西で美しく親しめる樹木はと言えば、私は赤松だと思う。それで先頃湘子主宰が赤松になじめない旨を書いておられるのを意外に思ったが、植物一つに対しても、感覚は経験と同じく一人々々別なのであろう。朴の大きな葉や白い花は好きなので、お許しを願いたい。もっとも、朴も中部以東に多い樹ではないかと思う。たしか朴を知ったのも大人になってからで、子供の頃これまた夕暮に、ぼんやり泰山木の花を見あげていた記憶がある。

今年の吟行地箱根の植物はどうであろう。登山電車の紫陽花は有名だが、代表的な関東の樹木があるはず。植物句の多い鷹だから楽しみである。

（一九七九年五月）

＊

しばらく、俳句を方法の側からも、内容の側からも、テーマをたてて攻める特集を行わないで来ているが、月々実作に精魂を傾けることは、嫌でもものを考えることに通じるだろう。文芸において、ことに短詩型において必須の〈見る〉ことは、結局ものを考え、知り、そうして書くことに帰するのではなかろうか。ただ、いきなり結論めくが、〝打坐即刻のうた〟といわれるような句作態度、つまり五七五定型を本能と化すまで身のうちにとりこんで自然のままに詠う状態からは、私達の多くはかなり遠い所にいるのではないか。つまり〈見る〉ことと〈書く〉ことがはじめからピタリ一致する状態が理想だろうが、〈見る〉から〈書く〉に至るまでに私達はかなりの道程を経なければならないし、書き上げた満足感になかなか到達できなくて苦しんでいるわけである。当然と言えば当然のいつの時代にもある初歩的な事情だが、実作に当って切実なこの事情に、現在の俳句の様々な問題が集約されて、怪物のようにのしかかっているのを感じる。鷹作品の多様性、一人々々の毎月の苦心を見わたすとき、特にそれを痛感する。もちろん、それだけ鷹の可能性が大きいわけで、それは鷹が既成の俳句の手習いにとどまらない複雑な〈現代〉そのものの俳句を志していることの証しである。

（一九七九年六月）

*

雨に打たれる青葉は生き々々として美しい。雨嫌いの私は、青空の見えない日が二、三日続くと憂うつになり、天気予報図の日本列島全部に傘の絵が並ぶと、逃げ場のない気分に襲われるのだが、そのような時は、懸命に青葉を眺めて心を励ますことにしている。短詩型のいのちは生き々々としていること、木の葉が一枚ずつ別の表情を見せながら、樹全体でまとまった命を示しているように、俳句も言葉一つ々々が力をもって輝きながら、一行が一個の意思をもって立っていなければと、こと新しく考えたりする。

編集をしていて一番嬉しいのは、実作者としての確かな手ざわりのある発言に接した時である。鷹は実作に当ってまことに厳しい雑誌である。しかし、難しい雑誌ではあるまい。厳しさと難しさとは違うと思う。文学は高尚なものでも難解なものでもなく、作者と一体のもの。難解と見えても、作者の血で書かれていれば難しいことはあるまい。抽象的な言い方になったが、とにかく生きた作品を成すべく、率直に励みたい。

（一九七九年七月）

＊

箱根吟行会は、青葉の匂いと清流の響きを伴奏に、鷹衆の熱気が沸とうした一昼夜であった。胸が熱くなるようであったあのエネルギーが、これからどういう姿で一人々々の作品の上に現れてくるか楽しみである。ともあれ、すばらしい十五周年行事の幕明であった。

今年の夏も暑く長いのであろうか。しかし、夏という季節の爛熟の気配を私は好きである。いま目の届く所に〈口笛ひゆうとゴッホ死にたるは夏か〉の色紙と〈揚羽より速し吉野の女学生〉の短冊とがかかっているが、どちらの作の裏にも、充足していながら苦い哀愁を含む夏の精気の漂うのを感じる。「夏は夜」であるとともに、本当の夏は、現代では「昼」ではなかろうかとも思い始めている。暑さによる体力の消耗は困るが、一方で夏そのものの覇気に深い愛着を覚えるのである。

（一九七九年八月）

＊

まれに訪れるつれづれの時に、私は旅行記を読むのが好きである。またそれにも増して好きなのは、自分が旅先で撮った写真をとり出して眺めることである。旅の時間と空間には、日常性を離れて自分を無垢の時空に置きたいという願いを充たしてくれるものがあるのだろう。せめて旅の写真を眺め、過ぎた記憶を呼び起すことによって身を軽くし、創作心を励まそうとするわけである。赤裸の自分に対面するにはまことに甘い手段であろうが。「一句を書くことは一片の鱗の剝脱である」というのは鷹女の言葉。私など鱗の上に更に洋服を重ねている有様で、一句をなすには沢山の衣を剝ぐ作業を続けねばなるまい。ただ、赤裸な自己と、旅のある時ある所での空白感とには通じるものがあるかもしれない。

連句について星野石雀、宮坂静生両氏に話して頂いた。連句はやはり生き続けている遺産だろう。目を開かれる発言も多く、楽しく読んで頂きたいと思う。

（一九七九年九月）

*

この記念号の特徴はと言えば、現在の鷹の、ひいては今日の俳句の姿を、できるだけありのままの姿で現すような編集に努めたということであろう。従って、読む角度に応じて様々な展望が開けてくる興味があるのではないかと少々自画自讃している。十五年間の鷹の蓄積が編み出した多様性ともとれよう。その中で、十五周年というポイントにおける各自のスタート点を、しかと見定めたいものである。

それにしても、俳句のことを、コップの中の嵐、井戸の中の波から、広い海原へ持ち出して考えて行きたい。俳句を固定した枠にはめこまないで、生き々々と豊かに相渉りたい。広い意味での〝思想〟をもつことも要求されよう。日々、生活や風景や人々に新鮮に接する態度そのものを、俳句の形にも内容にもぶっつけ、とにかく、俳句に対して常に新しくありたい。

本号のために戴いた内外のご協力に厚く御礼申し上げます。記念大会では酒杯と歓談が渦巻くでしょうが、今夜はこの記念号を手に、一人々々の胸に喜びの花と決意の灯を一つずつ飾りましょう。


（一九七九年十月）

＊

記念号の次の号というのは、次ではなくて、新しい雑誌の第一号を出すような気分がして楽しい。編集作業の内実は、一字一句も、一瞬一時もおろそかにできない性質のものだが、作業の総和が一冊の雑誌になった時、雑誌自身の雰囲気、あえて言えば意思が、明白に顕って来るのは不思議である。これからの鷹の意思の行方を考えることとしきりである。

〝色〟の特集は、記念号のあとの間奏曲とでも受取って頂こう。ここでは狭義の色彩にとどめたが、色の語義には様々な面があると思う。匂い、わび、花等の言葉の多義性にも似て――。絵画では色が直接の武器だが、言語芸術では、色は言葉を通じて間接的に現れる。しかも、言葉の意味によって指示されるのではなく、言葉からたちのぼる匂いによることが多い。俳句を少し離れた視座から眺めるのも楽しかろうと思ったりした次第である。

今年は秋が早く来たせいか、夏の花とばかり思っていた純白のさるすべりが、わが住居の真正面の家の門に長く咲き続けた。〈さるすべりしろばなちらす夢違ひ　晴子〉の詩句に挑戦する意力の出ないまま、多忙の日の往還に心安らぐ思いであかず眺めた。

（一九七九年十一月）

＊

十五周年の声と共に明けた今年も十二冊目の鷹をもって幕となる。記念大会のエネルギーは、本号特集記事の通り鮮しさと成熟感の入り混った鷹独特のものであった。何はともあれ、このエネルギーに逆に足をすくわれることのないよう、確かな前向きの作品活動を、と願っている。

『鷹の俳句』と『季語別鷹俳句集』とが、十五周年の成果のような形で机上にある。初冬の夜霧や柔かい夕暮の日射を横目に見ながら頁をめくる。そうして、鷹作品の流れの多様性と変遷を思う。幾本もある縦の流れを横断面から眺めることも面白かろうか。記念号の誌面も含めて、作品のリアリティをどこに見定めているか、言葉の自律性をどういう断面で捉えているか等々、一人々々個人差のあることを感じる。若い世代の力と、成年の経験とを共にもつ鷹の、俳句という言語芸術との取組は、これからますます明確に力強く行われて行くのではなかろうか。

塚本邦雄氏の「詩趣酣々」も連載を終る。私共にとってこれまでも無関心ではいられなかった氏の著作活動の機微に、この一年、身を接する近さで触れ得たことを慶びたい。氏の相貌の豊かさと共に、その裏(うち)なる一筋の、定型詩人としての決意を読みとらせて頂いて来た。心から御礼申し上げます。（一九七九年十二月）

▼藤田湘子著、永田書房刊 ―― 鷹の選後評をまとめたものである。
▼▼この連載は『詩趣酣酣』として、一九九三年に北澤圖書出版より上梓された。

＊

光陰矢の如く新しい年を迎えた。毎年のことかも知れないが、今年は鷹にとって、一つの節目になる大切な年であろうと思う。その予覚の中で、これまた平凡なことながら、今年こその思いを深くしている。鷹を沈滞させまいとする主宰や会員全体の気持が、ピシピシとひびいて来るからだろう。
ものを創る人 ―― 文学でも絵でも音楽でも ―― の、年齢を意識せず、他人にも感じさせない態度や表情を私は大変好きである。鷹でいつも言われる〝年齢にふさわしい充実〟という言葉を、私は、年齢による経験を内側で着々とふくらませながら、どの時点でも暦の年齢を超越した創造の気息を持ちつづけていることと解している。ぼんやり過ごす十年と懸命に充実して過ごす十年とでは、結果に大きな差が生じるはず。鷹のように積極的な集団にあれば、時の推移が具体的な形で目に映る。一人々々これまでに果してきたことの上に、新しい創造の火を燃やしたい。

いわゆる読初め、新春にまずどういう本を読むか毎年少々こだわって考える。真正面から七部集であったり、近代現代の短歌・俳句。また、現代詩を読むのも心が前へ進む。好きな紀行文や、読みだしたら止まらないミステリーにとりつくこともある。何であれ、その選択の時パッと顕つ気分が快い。

（一九八〇年一月）

＊

冬はものがよく見える季節。吹雪の北国はともかく、都会でも田舎でも、空気は澄み、樹々の葉は落ち、春や夏の間かくされていたものが、みんなあらわになる。石造のヨーロッパの街並は冬が一番絵になると言われるが、そうだろう。私たちには霞たなびく輪郭のはっきりしない景色を喜ぶ感性もあるけれど、冬の間は自然の澄明さに感応し、ものの細部を見さだめ、自分の心の内側もよく見つめて行こう。

「窓」という散文詩がボードレールにある。また全く別だが『裏窓』というヒッチコックの洒落た映画があった。どちらも灯のついた窓の内側に対する想像力と観察の所産。都会詩人ボードレールの憂愁の眼も、殺人をユーモラスに人間味豊かに描くヒッチコックの眼も、共に冬の眼だろうと東京の窓を見ながら思う。

俳句の面白さを、どこに見、もとめるかは、一人ずつ異なるものだろう。俳味とは何であるか、実作者として俳句の詩性の内質に考えを及ぼす時、最大公約数的な俳句性や面白さの概念に、こちらの志の身丈を従わせたくはない。面白さは、真摯な実作のあとから、それぞれに違う形で顕われて来るもの。何となく概念としてその辺に漂っているものと早早と手を繋ぐことはすまい。桎梏の多い定型詩であるが故に、一そう強くそう思う。

（一九八〇年二月）

＊

私の住まいの近くには、井の頭をはじめ、善福寺、石神井など池のある公園が多い。どの池も樹が繁り水鳥が遊び、自然の景が味わえて好ましい。しかし私には、そういう著名な池とは違う私の池がある。それはボートで賑わう善福寺池の手前にある小さい池あるいは沼。水面の三分の一は葦におおわれ、三、四本の枝垂柳があるだけ。釣人のふえた今はコンクリートで護岸されたが、二十年程前までは、地面がいつの間にか葦原につづく小さな沼沢という印象であった。枯葦が一斉に朱色に染まった夕映の景は今も目に鮮やかだ。また、十年程前まで行われていた善福寺の花火大会も、近くへ行かずこの池から眺めたものだ。そうしていつからか、私は悲しい時この池へ行く。作句のために行くこともある。が、それも物珍しさを求めてではなく、旧知の物に接する安らぎによって創作のための心の平衡を得るために。

俳句は、優れた個性的作家や若い作家の発言に見られるように、戦闘的な詩型である。季語について見ても、同じ季語で同じ角度の作品を繰返し作ったとて自他共に面白くあるまい。季語は食い潰す遺産ではなく、古いものの発掘も含めて、各自が創り出す面をもつ。しかし、戦時の激変の経験をもつ私などは、一方で、変革のテコとなるべき恒常心をも希うのである。

（一九八〇年三月）

＊

二月末のいま、冬季オリンピックの開催中だが、ついテレビに向かう時間が多くなる。主にフィギュアスケートの演技を観るためである。生来運動能力ゼロの私は、スポーツ選手の肉体の饗宴に手放しで見とれてしまう。大げさでなく、その芸術性に涙ぐむ程打たれてしまう一瞬がある —— 言葉によらない人間の肉声を聞く気がして。たとえば、ロドニナ組の技（わざ）の部分にではなく、一見流して滑っている部分の、氷に乗っているのではなくて、氷に吸いついているような感じとか、ペアの息の間合のよさといったもの、あるいは、男子シングル選手の情熱と優雅と多少の邪悪の入り混った身を投げだすような飛翔など。それらの部分に、選手達の本性が抜きさしならぬ形で一瞬現れ出るからであろう。人はそれぞれに大切なその人だけの本性をもつと思う。俳句を書くのも、鷹の一員であるのも、本性の自己発見と発露のためではなかろうか。

前号と今号で『季語別鷹俳句集』の特集を行った。多勢の執筆者の御意見の中に、幾つもキラリと光り、虚を衝かれ、教えられる部分を発見できたと思う。個人の句集や、一般の合同句集とは別種の貴重な鷹の資産として、今後ともよく読み、検討し続けて行きたい。

（一九八〇年四月）

＊

［注記］

五月号より「編集後記」の見出しが「905号室」に改変されている。（前年発行所を千代田区九段北一-一-七-九〇五に移転したので、その室番を採用したらしい。）

また、湘子主宰は三月末で国鉄本社広報部を退職、本号以降「905号室」に登場している。本号の湘子執筆分を挙げておこう。

▽私が俳句に専念できるようになったので、このへんでもう一度初心にかえって、編輯・発行事務を見直してみたい。そういう意味で、この欄にも顔を出すことにした。鷹の新しい出発と考えているわけだが、編集面でそれが具体化するのは、明年一月号になると思う。それまでゆっくり考えて想を練ってゆきたい。

(なお、私のこの後記は、退任までのものを前後関係とのかかわりもあるかと思うので掲載させて頂く。)

春彼岸の今日、烈しい雨の中をささやきの小径と呼ばれる林の道を通り抜け、花盛りの馬酔木を眺め渡して、今奈良の宿に落着いたところ。花とのめぐり合いには、うつろい易さにおいて、人との出会いより難しい面があり、やっと永年の願いの一つを叶えた感じである。数年前、この後記に馬酔木の花をまだ知らないと書いたことを思い出し、鷹の編集を仰せつかって以来の歳月を省みている。主宰の御指導と皆様の御協力に支えられて、足かけ十年、至らぬながら編集作業にエネルギーを投入できたのを有難いことと思う。

今号から、大庭紫蓬さんはじめ新鋭の皆さんが編集実務を担当。編集の仕事は様々な相貌をもつが、その一つは、細心と大胆、冷静と情熱、古さと新しさといった相反するもの

の接点に立つことか。ともあれ、若い活力に期待します。◀

（一九八〇年五月）

▼この号の「905号室」執筆者は、湘子主宰、永島、大庭氏の他、四ッ谷龍、小澤實、寺澤一雄の各氏で、大庭氏は三十歳を越えたばかり、他の三氏は二十代前半であった。

＊

勤務先の事務所で二十年来印刷を頼んできた会社が、今度活版印刷部門を全廃して写植印刷だけに移行すると言う。鉛の活字を一つずつ植えて印刷するのは経済的に引合わない作業で、印刷界は急速に写植重視の状態へ移りつつあるとか。鷹はご覧のとおり活版印刷。写植によるものは、印刷面が、一口で言えば絵画的である。字づらがフラットである。それを美しいと見る向きもあるが、私には文字の鋭さが失われているようでなじめない。活字がかすかに紙面に食いこんでいて文字が読み手に迫る力には、活版と写植では大きな違いがある。画集や図版の説明文には許せても、文字だけの本や雑誌が写植一辺倒になるのは困るというのが実感。これは、新仮名、新字体の問題にも匹敵する、日本の文化にとって見逃せない問題と思うが、どうであろう。

（一九八〇年六月）

＊

今初めて気づいたわけでもなく、更めて言いたてるのも妙だが、俳句は芸ないし詞芸であると痛感する。人事や風景や心を、思いのたけに叙することができず、五七五に向かっての集中力と、切り捨ての決意と、とりわけ型と言葉に対する練磨を要求されるからであろう。散文としてなら縷々綴れる表現欲求が、即、定型詩一行として起立するわけでないのが辛い。散文と韻文の違いと言えばそれまでだが、一般に日本の伝統文芸や芸能は、省略、象徴、暗喩等を生命としている。能等は俳句のありように一番近かろう。俳句の技巧という面を考えていると、間とか気息とか、突飛だが相撲の呼吸にも通う肉体的機微を感じたりする。本七月号は鷹創刊満十六年の号、俳句の韻文詩としての今日における役割と覚悟に思いをいたすのも、無駄なことではないだろう。

（一九八〇年七月）

＊

『私の製本装幀芸術の世界』（K・T・ミウラ著）という大冊を思い切って購入、あかず眺めている。著者はドイツ生れの女流装幀家で、先年来日本に在住。写真で紹介される一点手作りの華麗巧緻な装本は、多少とも本好きの者を魅了せずにはおかない。ボードレールの『悪の華』や川端康成の『古都』が、彼女独自の理解に基づく美麗な装いの主張をしている。そうして私は、装幀者の本でもあり依頼者の本でもあるこのものの創造過程に魅かれる。本の内容の理解、デザインの決定、ついで完全な手作業による気の遠くなる程の工程。そのプロセスは、理解と創造、職人芸と芸術性との闘いであり合致であろう。更にこの著者には、西欧と日本との感性や技術のバランスの問題もある。広くこの装幀のような間接的自己表現を、私は極めて優れた女性的創造行為として愛するのである。

（一九八〇年八月）

*

三年程前〝樹〟という小文の特集をしたことがある。その後気をつけていると、樹にかかわる特集をする文芸誌が結構多く、「樹」と銘打つ季刊誌も出ている。季節や時間に伴う変容という視覚的要素、その生命力に重きを置く精神的要素等々、樹は草花と共に人間に最も近く親しい自然であろう。季語にも、樹の名、花の名が限りないが、樹がこのようにもてはやされる背景に、私は、自然と人間とのバランスがこわれつつあるのではないかとの惧れを抱く。少なくとも、都会では刻々樹が失われて行く。先年は、あの町角の辛夷と欅が伐られた。今年は、友人の家の桜の大樹が倒された。そうして、遺された樹たちは、伐られた樹たちの分の苦悩も引受けて、健気に、懸命に生きているように見える。

（一九八〇年九月）

＊

九段下の鷹発行所▼は、九〇五号室の名の通り九階にあり、当然エレベーターを使用、9の数字のボタンを押す。杉並のわが住居は七〇八号室つまり七階で、毎夕7のボタンを押す。7の数字へ指を置く動作はほとんど本能化していて、発行所へ昇る時は、7へと動く指に一瞬頭脳でブレーキをかけねばならない。

話変わって、五七五定型は私の本能になっているかどうか。意識的な枠の作用をしている部分の方が多いかどうか。両者の割合はどの位が適当か。自分のことはともかく、一般に定型が本能化している俳人の比率は減って行く傾向にあると思う。それがよいとか悪いとか言うのではなく時代の流れを感じる。大きく言って歴史が後を向いて歩くことはない。俳句は形が小さい分だけ伝統の力が重くかかる訳で、右のようなことを考えたりする次第。

（一九八〇年十月）

▼発行所は、その後一九九六年、同じ九段下ながら現在の千代田区九段北一 - 九 - 五 - 三二一へ移転した。

＊

本号をもって編集室を去ることになりました。初めてこの〝表3〟と呼ばれる頁に筆をとって以来夢中で過ごした歳月の速さ。編集も毎月一冊のものを生む作業である以上、作句時の自己投入に似た集中力を絶えず必要としたからでしょうか。しかし、能力不足や時間的制約のため必須の企画を逸したり、誌面作りが不十分だったりしたことがあるに違いありません。ただ、皆様から常に編集側の意図を超える力溢れた原稿を頂けたことに頭の下る思いをしております。その感謝の念は、編集作業の哀歓と共に私の血肉と化し、貴重な経験となっております。また、鷹の志に共鳴して御寄稿を賜った多くの外部の方々にも心から御礼申し上げます。今後大きく羽搏いて行く鷹が清新なスタッフの手でどう編み出されるか、期待と喜びをこめて声援を送ります。

（一九八〇年十一月）

大庭紫蓬と語る――編集長交代に当って

大庭　俳句雑誌の場合、公平性ということがありますね。作品のレベルの上では誰もが同じではない点を公平にやってゆく、と同時に優秀な書き手を育ててゆくことが雑誌の使命であり、編集者の喜びでもあると思うんですが、その辺をどう調和させるわけですか。

永島　私は公平性をモットーにして来ました。どなたからも等距離の位置にいて一人々々をよく知り、その中から出てくるものを待つ、と同時に主宰の意向や社会の動きを見渡していると、誰に何を書いて頂くかがピンと立って見えてくる。それは平素誰とも等間隔を保っていないと見えてこないでしょうね。編集者も結社の一員ですから、大切な点……。

大庭　編集のテーマについては、はっきりした方針があったわけですか。

永島　今までは、比較的鷹の内側から出てくるものに重点を置いて来ました。人間探求派特集、世代別特集、見ることとか季語の特集など。俳句界全般が統一的テーマの立て難い漠然とした時代だと思うのですが、今後はもっと総合的なテーマが必要でしょうね。

大庭　先生との話合では俳句の原点を見直そうということで、虚子をはじめ鬼城位までさかのぼって見ようという案があります。

こまかい話になりますが、編集上どうしても困ること、たとえば、原稿依頼に対し、駄目なら駄目とことわってもらわないと……。

永島　梨のツブテは一番困りますね。

大庭　最低限のマナーですね。それと、原稿の遅れ。また、楷書で書いてほしいとか。

永島　原稿遅延東西両横綱以下番付表を引きつぎましょう。原稿の字がていねいでないことは、誤植発生原因の第一になります。

大庭　原稿を依頼していて有難い方ありますか。たとえば、神尾季羊さんは早いし、星野石雀さんも気持よくすぐ引受けて下さる。

永島　石雀さんの原稿は、紫のインクやピンクの色鉛筆できちんと書かれていて楽しいし、酒井鱒吉さんもぶっつけ本番で早い。「新吉春秋」も一回だけの依頼でサッと書かれたのが好評で二十何回続いたわけ。石雀さんの「わが俳人抄」は貴重だし、金田眸花さんも几帳面。増山美島さんは原稿の早い方の横綱です。

とにかく、飾らず自然に書いてほしい。鷹は文学的で程度が高いからと尻込みされる方があるけど、それは誤解です。また、実作者としての文章が一番印象に残りますね。

飯島晴子さんの「季と言葉」とか、鳥海むねきさんが自分の原風景と俳句の形成過程を書いたもの、大庭さんの巻頭作家登場、ああいうのは二度と書けるものではないでしょうし。それと、今後テーマを決めて依頼する原稿とは別種のもので、両面あっていいんじゃないですか。

大庭　雑誌は一種の共有財産ですから、みんなに参加意識をもって貰えるような編集をしたい。支部の意思や雰囲気が伝わる誌面を作りたいし、「春夏秋冬」（俳句や日常身辺のことについての短文投稿欄）は同人も新人も区別なく登場する場として、そこからこれは面白いなと思う人にまた書いて貰うとか。

永島　「春夏秋冬」は人間が出る場ですね。将来を予見させたり。一つエピソードを紹介しますと、四ッ谷龍さんに高校生の頃依頼したら俳句についての考えを二枚に気持のよい文章で綴って貰えたので、先生に渡す時、滅多にしないことなんですが、この龍さんの文章に感心したというメモをつけたことがあります。ただ、龍さんがクラシックな自作を一つ挙げていて、そこに天王とあるのをどう見ても天皇の書違いと思って直したら、「たかさろん」（鷹会員の「声」欄）に僕の原稿に誤植がありましたと投書があったりしました……。（笑）大庭さん、編集の作業と作句とはうまく調和して行けますか。

大庭　何年かは両立させて行く自信があります。広告屋というのは時間のままならぬ仕事なので慣れてますし、編集部の若手にも時間のプレッシャーに強い人間になってほしいですね。編集を別にしても、作家としてこの問題はつきまとってくるわけですから。

永島　生活と俳句と編集とのバランスも芸のうちですね。何たって、人間広い意味で美的に生きていないと。

大庭　僕なんか、編集にエネルギーを出したら、どこかからそれに見合うものを奪ってでも持ってこないと個人として痩せて行くんではないかと思う。若手にも、近くにいるのだから主宰者の作句工房から盗みとる位の気概をもってほしいし、編集を何らかの形で作家的成長の中に組み込んでもらいたい。

永島　ぜひそれを果して下さい。自分を伸ばせるのが結社誌編集のプラス面ですから。一般には、編集は自分を消耗しがちですね。面白い話を読んだんですが、編集者が死んで火葬にすると頭から先に焼けるそうです。使いに使ってボロボロになってるから。（笑）

大庭　頭だけは残っているような編集者になりたいですね。（笑）

永島　なるほど。鍛えに鍛えて焼かれても焼けないような頭の編集者になる。（笑）

大庭　女性編集長というのは多いですか。

永島　世間一般には結構多いのではないですか。オダテたりスカシたり、女性のもつこまやかな理解力は編集者向きだと思います。だから、大庭さんがやるのは気の毒。

大庭　僕は男性向きだと思う。純粋に文学的な面と政治的な面との落差をどうやって埋めるか、そのイヤらしさに耐えられるのは、やはり男性ではないかと。

永島　たしかに政治的ですね。受身の……。間接的創造という面では女性的だし、ここぞという場合にも、些細なことにも、瞬間的決断力を要求される面では男性的。編集者が弱腰では、よい原稿が集るはずありませんし。

まあ、編集者のキャラクターによることでよいと思う。男性編集長と女性とでは、当然違うでしょう。かげに編集者の意思や匂いの漂っていない雑誌なんて考えられない。

大庭　ええ、魅力ない。それに、編集者には主宰者に操られるだけでなく、操るといって悪ければ、会員も含めて演出して行く面がないと駄目でしょうね。

永島　そういう面では面白い仕事。内実は気の遠くなる程シンドイことなのですが、それに見合う喜びは充分にある。今後もっと編集の仕事にみんなが関心をもつようになってほしいですね。俳壇的にも。これからの俳句に編集者の果す役割は大きいと思います。

（一九八〇年十二月）

▼大庭紫蓬氏は二〇一五年逝去。本稿の掲載を御了承頂いた御遺族に御礼申し上げます。また、鷹同人、編集長、同人会長等としての業績や俳壇における御活躍を偲び、こころより哀悼の意を捧げさせて頂きます。

第四章

経歴一通

俳句の醍醐味――有難い出会い

永田耕衣愛用の言葉の一つに「出会いの絶景」というのがある。私の場合、絶景はおこがましいので、出会いの有難さということであろうか。これまでの俳句にかかわるさまざまな局面や出来事をかえりみるに、すべて有難い出会いの恩恵を蒙っていると思えてならない。

一番大きい出会いは、今更記すまでもないことながら、「鷹」誌を知り、昭和四十一年より今日まで投句を続けていることである。初投句時、三十五歳、そこでまずは「鷹」に出会うまでのことと、出会いとは言え、そこに働いていただろう選択の心理などについて考えておきたい。

十代後半から三十代前半にかけては、ありきたりの文学少女的乱読の時代であった（全集本に載っているような内外の著名な小説の他、特殊な所では海外の本格推理小説の名作等）。その間、職場に俳句を作る人がいた関係で、「馬酔木」や「天狼」を折々覗いてみることはあった。また、同人詩誌に誘われ、詩才はないので評論の真似事のような雑文を載せてもらったことはある。なお、当時より実作者であると共に、実作の外側に立って論評を加えることを喜びとする性向があったようで、その気分は今も続いている。「鷹」において編集の任を負ったこともあるが、それも喜びであり、間接的な自己発露と思えていた。

そのようにして三十代も半ばを過ぎた頃、読書を中心とした文学の享受だけでは飽き足りず、自己表現の欲求に駆られるようになり、表現の場として出会い、かつ選んだのが「鷹」であった。詩や小説でなくなぜ俳句かを仔細に述べるのは難しいが、当時好んでいたフランス象徴詩の影響もあり、俳句詩型を世界的に見ても高度に洗練された詩型と考え、その伝統に拠りたく思ったのである。

続いて、なぜ「鷹」であったかであるが、師の作風をなぞるだけが修練のように一見思える俳誌の多い中にあって、伝統の型を踏まえつつ内容は自由であることが明確である点に魅され、それを主宰する藤田湘子の志に共鳴したという単純明快な出会いによるものであった。その出会いが、湘子逝去後も異和感なく続いているという次第である。結社ないし師といかに出会うかは、俳句を志す大方の人にとって、生涯を決する程の醍醐味ある選択であったり、ときに運命であったりするだろう。

さて、「鷹」との出会いは自明的、運命的なものとも思えて来るのであるが、湘子逝去後、時を経て次のようなことにも思い至るようになった。師弟関係というものは、作品への傾倒をもって始まるのが一般的で、私の場合も、志への共鳴と併せて、無意識のうちに湘子作品に強い共感を抱いていたのではないかということである。一言で述べると、湘子作品の底に流れ続けている抒情性やリリックな存在認識には、おこがましいかも知れないけれど、私の希求する詩性や生来の詩質との類似性があるのではないか。もちろん湘子は「馬酔木」から出発しつつ作風の転換に積極的であり（一日十句の行（ぎょう）や、虚子作品の学びはよく知られている）、弟子にも作風の変革を強く望む人であった。しかし、生得の不変の資質というものもあるはずであり、全句業を見渡す時、それは歴然と見えて来る。言い方を少し変えると、湘子は作風の変革をしつつ、一歩々々自身の奥なる真の湘子に至ろうとしていたのではあるまいか。湘子の第一句集『途上』冒頭句と遺句集『てんてん』末尾の句を挙げておく。

雪しろき奥嶺があげし二日月　　湘子
草川の水の音頭も春祭

共に抒情的叙景句と言えよう。当然とは言え、深い所で湘子は常に変わらぬ湘子であり続けた。

こうした湘子を師としたことの幸運とよろこびを更めて感じている。湘子は自分と類似した点のある詩情にはきびしかったが、それだけ弟子の側でも学びとる所が多かったと言える。恥ずかしくもあるが、初めて選評を得た句と、最後に評を貰った句とを挙げておく。

　さびしさも透きとほりけり若楓　　　　靖子
　廃駅あり冬の落暉を見るために

「鷹」ではまた、多くの先輩との出会いがあったが、身近に仰いだ先輩として、俳句における言葉のありようを一身を賭して追求した飯島晴子の存在は大きい。俳句実作以前より広くは日本文学の私小説的伝統に飽き足らず、俳句の境涯性や意味性一辺倒には賛同できないでいた私には、晴子との出会いは貴重なものであった。

言語芸術ということを考える時、塚本邦雄の人と作品との出会いを述べないわけには行くまい。言葉の織りなす豊饒なイメージは師表として大きな力になったし、虚のリアリティの持つ真実を痛切に教示されることとなった。その短歌作品についてはもとより、縁あって原稿整理や校正を手伝った新古今論考や近・現代短歌に関する論考等を通じて──。

耕衣や詩人吉岡実との出会いは、黙ってその発語を聞くだけで足りたと言えよう。詳細は忘れても、詩や俳句に対する情熱と愛をしっかり想起することができる。

「鷹」の中でもいろいろな人との出会いがあるし、俳句への愛は軽舟主宰も会員も熱い。

そうして、作品の彼方に顕つ自分にとっても初めての何かとの出会いを求めていると言える。その出会いこそが、俳句の醍醐味であるから。

（「俳句研究」二〇一一年春の号）

▼「四季」系の同人誌「山の樹」（同人に小山正孝、小山弘一郎、鈴木亨、西垣脩各氏等）、「芥川龍之介と俳句」という一文他、島崎藤村や大岡昇平等についての文章を載せてもらったことがある。

▼▼当時、勤めの帰りに日仏学院へ通い、フランス語を学んでいたが、モーリス・パンゲ氏（学院長）によるランボー、マラルメ等の講義や阿部良雄氏によるボードレール講読等に影響を受けた。

▼▼▼日本文学の私小説性については、いつしか生涯の課題となっている。最近そうした問題についての論考も出ているようだし、古来のわが日記文学の流れを近代の私小説に至るまで辿られたドナルド・キーン氏の仕事に思いを寄せたりしている。湘子に「私詩からの脱出」の論考のあるのを見ても、この問題は「鷹」誌の底流の一つに今もなっていると思う。

あとがき

本書は私の四冊目の散文集である。俳句に関わる文章を書き始めてからの歩みが半世紀を超え、いささか呆然としているところだが、まずは、本書の内容の概略を記させて頂く。

第一章は、文字通りの時評である。「鷹」に平成二十二年（二〇一〇）より二年間連載したもの。執筆時より十年近く経ち、何とも出し遅れの証文の感があるが、その頃の時代相の証言になる部分も多少はあろうし、執筆者としてはそれなりの意見開陳をした積りもあり、それらを現今の俳壇状況や世相に向けて発信しておきたく思うのである。

第二章は、折々の随想や追悼文。また、「鷹」に連載中の「遠近往来」という小文より、言葉に関連するものを載せた。

第三章は、昭和五十年（一九七五）より昭和五十五年（一九九〇）に至る「鷹」の編集後記である（私は昭和四十六年より同五十五年まで、編集部員や編集長であった）。後記には、通例冒頭に藤田湘子主宰が筆を取ったが、上掲期間中は主宰が登場せず、私がまず始めに執筆していた次第である。今を去る遠い日の俳句情勢や「鷹」の動向に多少とも触れ得ている所があればと願いこうしてまとめさせて頂いた。ただ、今通覧して、大方は私的な文章であり、発言内容も十年一日の如し。また、それは今日に至るも変わっていない感があるが、底に流れる何かの思いを汲み取って頂ければと願う。

第四章は、総合誌の依頼で執筆したものに少し加筆した。

書名の『冬の落暉を ― 俳句と日本語』は、邑書林主、島田牙城氏に附けて頂いた。拙句に〈廃駅あり冬の落暉を見るために〉があるが、冬の字は、本書に先立つ拙著の題に夏、秋の文字を冠しているので、今回は冬。しかして、次なる春を期すという。しかし、今の年齢の私に春が来るかどうか。一応それを希い、冬の時代を生きている者の今の思いとして本書を受けとめて頂ければ幸いである。

傍題の「俳句と日本語」は、本書全体に流れている問題を集約すれば、まさにこのようなことであろうかと思う。

落暉（夕日）は美しい。どの書物であったか忘れてくやしいが、ヴァレリーが落日の美学を称したとか、吉田健一が夕日を見る悦びを語ったとか眼にしたことがある。また、サン＝テグジュペリは『星の王子さま』（内藤濯訳）の主人公に次のように語らせている。

ぼく、いつか、日の入りを四十三度も見たっけ（王

子の星は小さいから、椅子を少し動かすだけで一日に何度でも夕日を見ることができる）

だって……かなしいときって、入り日がすきになるものだろ……

本書の刊行に当り、故藤田湘子主宰より賜ってきた御恩、また、小川軽舟主宰の日頃の御指導や、上梓についての御了承を心より御礼申し上げます。

このたびも装訂をお願いした間村俊一氏、まことに有難うございました。

お手数をお掛けした島田牙城氏、黄土眠兎氏には、深く感謝申し上げるばかりです。

二〇一九年五月

永島靖子

永島靖子　ながしま やすこ

一九三一年九月十八日　京城（現在のソウル）にて生まれる（本籍は岡山県倉敷市）
一九六六年「鷹」入会
「鷹」月光集同人　俳人協会会員　現代俳句協会会員

一九七二年　第一回鷹評論賞
一九八三年　第七回現代俳句女流賞
二〇〇一年　第三十六回鷹俳句賞

第一句集『眞晝』（一九八二年十二月二十日　書肆季節社　鷹俳句叢書の第七十二篇）
第二句集『紅塵抄』（一九九一年四月十日　牧羊社　現代俳句選集Ⅴ－35）
第三句集『袖のあはれ』（二〇〇九年九月二十二日　ふらんす堂）
自註句集『永島靖子集』（二〇〇四年六月七日　ふらんす堂　鷹同人自註句集シリーズ2）
評論集『俳句の世界』（一九八二年六月五日　書肆季節社　鷹俳句叢書の第七十一篇）
エッセイ集『夏の光 ―― 俳句の周辺』（一九九三年八月三十日　書肆季節社）
随想集『秋のひかりに ―― 俳句の現場』（二〇〇八年十月十日　紅書房）

現住所　167-0042　東京都杉並区西荻北2-9-15-708

冬の落暉を —— 俳句と日本語

著　者＊永島靖子©
発行日＊二〇一九年七月七日
発行人＊島田牙城
発行所＊邑書林
661-0033　兵庫県尼崎市南武庫之荘3-32-1-201
Tel　〇六（六四二三）七八一九
Fax　〇六（六四二三）七八一八
郵便振替　〇〇一〇〇-三-五五八三二
younohon@fancy.ocn.ne.jp
http://youshorinshop.com
印刷・製本所＊モリモト印刷株式会社
用　紙＊株式会社三村洋紙店
定　価＊本体二三〇〇円プラス税
図書コード＊ISBN978-4-89709-862-3